JN308065

福

おかわり

朝井リョウほか

朝日文庫

本書は朝日新聞土曜別刷り「be」掲載コラム「作家の口福」
（2011年1月～2016年3月掲載分）から編んだものです。

作家の口福　おかわり●目次

朝井リョウの口福

上橋菜穂子の口福

冲方丁の口福

朝井リョウの口福

朝井リョウ（あさい　りょう）
1989年岐阜県生まれ。2009年『桐島、部活やめるってよ』で小説すばる新人賞を受賞しデビュー。13年『何者』で直木賞、14年『世界地図の下書き』で坪田譲治文学賞受賞。著書に、『もういちど生まれる』『スペードの3』『武道館』『世にも奇妙な君物語』『ままならないから私とあなた』『何様』など。

たこ焼きスナイパーの夕べ

二十代、男、ひとり暮らし。こんなプロフィールである私に『作家の口福』というグルメな香り漂うオトナな連載枠を与えてくださった朝日新聞さまの勇気にまず感謝をしたい。全くグルメではない私だが、家族と離れ東京でひとり暮らしをしているとやはり、誰かの手料理を食べたくなる。

そんなとき私は、作家仲間の柚木麻子さんと共に、同じく作家仲間である窪美澄さんの家のチャイムを鳴らす。そして、グルメなお二人が作る料理を、次の日の昼食分くらいまで頰張り尽くすのだ。

年齢も性別もばらばらの三人だが、ほぼ同年デビューということもあり親父が深い。ある日は、三人でおでんをつついた。ある日は、窪さんの友人である料理家の方も仲間入りし、てんこもりの揚げ物を食べた。そしてつい先日は、作家の柴崎友香さんを加えた四人でたこ焼きを量産した。タコ、明太子《めんたいこ》、チーズ、スパム、ウィンナー、キムチ、ひき肉、うずらのたまご、チョコ、あんこ……凄腕《すごうで》のスナイパーと化した我々は、小麦粉の中に様々な種類の弾丸をぶち込んでいったのである。

大阪出身ということもあって、柴崎さんは飼い犬をしつけるより簡単にたこ焼き器を手懐《てなず》けていた。窪さんは様々なお酒を振る舞ってくれ、柚木さんはいつもどおり歌い、踊っていた。

とても楽しい夜だった。だけど、楽しすぎる夜というのは不思議と、普段から触れないようにしていた思いを、心の表面にまでぼんやりと浮かび上がらせることがある。

作家という〝虚業〟のひとつを業《なりわい》としている限り、自分は、何をしていても満足できないのかもしれない。

文章を書く仕事をしていると、そんな疑念が蔓延《まんえん》した巨大な宇宙に放り投げられたような気持ちになるときがある。何のために、誰のために書いているのか。書いて何になるのか。体が自由自在に動く今、じっとパソコンの前に座り小説を書くこと以外にすべき、もっと切実なことがあるのではないのか。

そんな、空《くう》を摑《つか》むような作業を繰り返す日々の中で、嚙《か》めばその分砕かれ、飲み下せばその分満たされるという確かな運動が生まれる「食事」はきっと、知らず知らずのうちに私の心の柔らかい部分を補強してくれているのだ。

帰り際、窪さんが、余った明太子で作ったおにぎりを三つ、持たせてくれた。まるで遠足へ行く小学生のような気分になりながら、私は、こんな気持ちになれる場所が東京にもある幸福を、まだじゅうぶん温かいおにぎりと一緒に握りしめた。

オートミール、少年の夢と現実

オートミールってなんだろう。子どものころ、外国の絵本を読みながらそんなことを思っていた。本の中にいる子どもたちがみな、おいしそうにスプーンですくっているアレだ。こんなおしゃれな食べ物が岐阜の食卓に並ぶことなんて絶対にないだろうなぁと鼻ちょうちんをふくらませていた少年時代、私の地元と（なぜか）姉妹都市関係であったカナダのカルガリーへ行く機会があった。ホームステイ先の朝食としてオートミールが出てきたときの感動は、いまだに忘れられない。

食べてみたかったやつ！　とはしゃぎつつ、私はスプーンを口に運んだ。ステイ先の家族も、彼らにとっての日常食に尋常でない様子で挑む日本人を、生ぬるい目で見守ってくれていた。

一口食べて、私は思った。まずい。

Ｏｈ～……、と、大御所俳優のような渋い反応を見せる私の皿に、「これを入れるとモアデリシャス！」だか何だか言いつつ、ステイ先の母親が牛乳をブチ込んできたことも記憶に新しい。とんでもなく口に合わなかったものに牛乳を加えられた朝井少年は、ここにきて文化の壁を感じたのである。

このように、物語の中で描かれている食べ物に関して、やけに憧れを抱いてしまうことがよくある。

私はこれまで、「簡単かつおいしい」食べ物を作中に何度も登場させてきた。マーガリンを塗ったトーストに味付けのりをまぶす『のりトースト』や、市販のミートソースにカレーパウダーやナスを追加するだけで完成する『簡単キーマカレー』などなど。「真似《まね》して作ってみました」という内容の感想をいただいたとき自分でも驚くほど嬉《うれ》しくなるのは、カナダという異国の地でオートミールに閉口した過去があってこそかもしれない。

そんな私はつい先日、ふと思い立ち、『カフェオレボウル』を求めて街を散策した。江國香織さんの小説によく登場するアレだ。江國さんの描く、ボウルでカフェオレを飲む人のオトナ感は、そろそろ身につけておきたい。

とりあえず、ボウルで何かを飲む人がいそうだ、という理由のみで自由が丘へ向かった。案の定、ボウルで飲料を提供する店はすぐに見つかった。

私はすまし顔でホットカフェオレを頼んだ。そして、いつもこうしていますよといった感じで、運ばれてきた白いボウルをそっと両掌《てのひら》で持ち上げた。

あっつううううう!!!

表情を変えず、だが光速で、ボウルをテーブルに戻すという偉業を私は達成した。熱い。両方の掌がまんべんなく熱い。思いもよらぬ形で、カップの取っ手の大切さに気づかされた体験であった。オトナはまだまだ遠い……。

週末の朝、魅惑の楽園へGO！

ファミリーレストランのモーニングメニューが、好きだ。週末に早起きをし、モーニングにありつくことを心の支えにしているため、金曜または土曜の夜というベストタイミングでの会合を断る日々である。さらに、モーニングをよりおいしくいただくため、夕飯を控え、飢えを捏造《ねつぞう》する日もある。腹が減り過ぎてなかなか眠れず、結果寝過ごし、モーニングメニュー提供時間内に店に辿《たど》り着けないというくだらないミスも頻発しているが、今回はそんな私がよく利用する店と、その魅力を紹介したい。

まずは、何と言ってもロイヤルホスト（以下、ロイホ）だろう。ロイホは、全国で三店舗のみだが、モーニングビュッフェを行っているのだ。つまり、ロイホの場合、モーニングと書いてビュッフェと読み、ビュッフェと書いて楽園と読むわけである。二重のルビが必要だ。

確かに、少々値は張る。だが、朝からビュッフェともなると、あれ？　今旅行中だっけ？　なんて気分に浸ることができる。私の愛用する店舗では、パンケーキを焼いてくれるサービスや、自由に使えるオーブンもある（クロワッサンを一分半チンするのが最高！）。また、ビュッフェということで、おいしいと評判のロイホ特製カレーを思う存分楽しめるのも嬉しい。ルーのみをよそい、スクランブルエッグやウィンナーを浸して食べるカレーフォンデュ……多幸感！　裏おすすめとしては、モーニングでしか姿を見せない「焼きそば」を推したい。高級志向のロイホ様が焼きそばですって？　と顰《ひそ》めた眉を元に戻してほしい。ロイホというワンランク上の空間に浮かび上がるハッキリとしたソース味は、いっそ尊さを纏《まと》うのである。

続いて、私の盟友・ジョナサンの登場だ。かつて『情熱大陸』に上陸した私は、その中でジョナサン大陸にも立ち寄っているし、NHKの『SWITCH』という番組で俳優の東出昌大さんと対談をした場所もジョナサンだ。収録後、店員さんが

「今後もご利用ください」と渡してくださったクーポン券入りの封筒をその場で即開封し、「今開けるなよ！」と東出さんに普通に叱られたことも今では良い思い出である。

ジョナサンでのおすすめは、スクランブルモーニングセット＋厚焼きトーストのコンボだ。焼きたてのトーストに塗ったバターがとろりと溶け始めたころ、その上にふわふわの卵をこんもりと盛るのである。卵の甘味《あまみ》、バターの塩気、焼きたてトーストのさくさくの食感……おいしさの三点倒立やあ！　ドリンクバーに野菜ジュースが入っている点も、グッジョブだ。

これを読んでいる皆さん、大抵、午前十時半まではどのファミレスもモーニングメニューを提供しています。たった今家を飛び出せば間に合う時間ならば、飛び出すべきです！

閉店後の定食屋で男三人は……

余った白飯を、ラップに包んで冷凍する。そんなありふれた作業をするたび、私はいまだに、大学一年生のころのアルバイトを思い出す。

上京して初めてのバイトは、定食屋のホール業務だった。季節ごとに変わる特別メニューからあげ単品とからあげ定食を精算し間違える。季節ごとに変わる特別メニューが覚えられない――アルバイトで使う脳の回路は勉学で使うそれとは全く違い、なんとなく勉強ができたというだけで挫折も知らずのこのこ生きてきた田舎者は大層焦った。それでも、ベテランバイトであるTさん、がっしりとした体つきの元ラガーマンの店長（共に男性）に助けられながら、私はなんとか業務をこなしていた。

ラストオーダーの時間が遅かったこともあり、電車を使わずに家へ帰ることができる人――店長、Tさん、私で締め作業をすることが多かった。そして当時の私は、締め作業後に始まる恒例行事が、実は少し、嫌だった。

白飯、味噌《みそ》汁、肉系・魚系のおかず。次の日に持ち越すことのできない残り物を、皆で食べまくる――これが締め作業後の恒例行事だった。捨てるのはもったいないし、若いバイトたちは喜ぶだろうという店長の考えはもっともだが、お腹《なか》が弱いという習性を持ち合わせている私にとって、深夜一時の暴飲暴食は避けたいイベントだった。

それでも残った白飯だけは、ラップに包んで持ち帰ることが許された。ご飯一杯分にしては明らかに大きな塊を次々に渡してくる店長の笑顔は眩《まぶ》しかったが、私のアパートの冷凍庫はあっという間に白飯で埋もれたのだった。

店長は良い人だった。きっと本人がそうだったのだろう、学生はいつでも腹を空《す》かせていると信じて疑わなかったし、私もどこかで、学生としてその期待に応えなければと思っていた。

ある日、Tさんと帰り道を歩きながら、私はぽつりと言った。

「締めの後のアレ、ちょっときついですよね。結局帰れるの三時とかになりますし、夜中に腹パンパンですし」

ぼやく私に、Tさんは呟《つぶや》いた。

「俺この店にけっこう長くいるんだけど、店長、全然違う店舗から飛ばされてきたみたいで、初めは結構大変そうだったんだよ」

Tさんは煙草《たばこ》を吸っていた。私のリュックは、まだ温かい幾つもの白飯の塊で、ずんと重かった。

「あの人、三十半ばでまだ独身だしさ。ずっと店舗勤務で……さみしいんだよ」

私は今、当時のTさんと同じくらいの年齢だ。今なら、毎日わいわいうるさい若いバイトに囲まれていた店長のさみしさと、そんな店長のさみしさを想像して分かった気になってみたいTさんの気持ちが、ほんの少しだけ、分かるような気がする。

震える紐、目を瞑り引き続けた

大学四年生の夏、対馬《つしま》に行った。当時お世話になっていた大学教授が研究のために何日か滞在するというので、友人数名とついていったのだ。

宿泊所となる廃幼稚園の掃除から始まった旅は、想像を絶するものだった。掃除を終えると私は、教授の運転するトラックの荷台に乗り、人数分の布団を借りるため島中を回ったのだ。あの夏、私は、人は意外と全く知らない若者に布団を貸してくれるということを知った。

さらに想像を絶したのは、食事だ。昼間のうちに夕飯の準備をしておこうと学生を集めた教授が、開口一番こう言い放ったのである。

「ハイ、じゃあ皆、血まみれになってもいい服装に着替えてきて」

そんなものありません。

全員の心の声が一致した瞬間だった。旅行をするにあたり、一体誰が「血まみれになってもいい服装」をパッキングするのだろうか。

戸惑う私たちをよそに、教授は、大きな袋の中から生きているトリを取り出した。そして、暴れるトリの首に細い紐《ひも》を巻き、その紐の先端をそれぞれ学生陣に向けて差し出したのである。

「はい、逆方向に思いっきり引っ張って、トリ殺して」

殺して――こんな頼まれごと、人生で初めてだった。だが、この教授が冗談を言わない人だということは皆、知っている。私は覚悟を決め、紐を手に取る。もう片方の紐を、友人が取った。

せーの、の掛け声で、私と友人は、摑んだ紐を逆方向に引っ張った。紐から、トリが暴れている様子が伝わる。命が絞られていることを示す振動。私は目を瞑《つむ》り、腕に力を込め続けた。

絶命したトリを目の前にして、私たちは黙った。教授は「ＯＫ、じゃあ羽全部抜いて。熱湯かけたら毛穴開くから」と、さくさく次の指示を出した。

確かに、熱湯のおかげか羽は簡単に引っこ抜くことができた。私たちは無言で、トリを丸裸にした。肌が剝《む》き出しになった途端、トリは、動物ではなく、食料にしか見えなくなった。

「夜、これを、食べるんだよね」

友人の一人が、そう呟いた。

「食べてきたんだよ、今までも」

教授はそう言って、羽のなくなったトリの腹をナイフで割いた。そして、胃の中にあったものを、ゴム手袋を着けた手で、搔《か》き出していった。

夜、大きな鍋には鶏肉のスープが煮えていた。味は格別で、集まってきた島の人たちもとてもおいしそうに食べていた。昼間、あれだけ神妙な面持ちをしていた私たちは、お腹がいっぱいになると、スープを残した。

今でもたまに、あの紐の震えを思い出す。思い出して、忘れるのだ。

上橋菜穂子の口福

上橋菜穂子（うえはし　なほこ）
1962年東京都生まれ。川村学園女子大学特任教授。92年『月の森に、カミよ眠れ』で日本児童文学者協会新人賞、96年『精霊の守り人』で野間児童文芸新人賞、97年同作で産経児童出版文化賞ニッポン放送賞、2000年『闇の守り人』で日本児童文学者協会賞、02年「守り人」シリーズで巌谷小波文芸賞、03年『神の守り人』で小学館児童出版文化賞、04年『狐笛のかなた』で野間児童文芸賞、09年『精霊の守り人』で米・バチェルダー賞、14年『精霊の守り人』『獣の奏者』などで国際アンデルセン賞作家賞、15年『鹿の王』で本屋大賞、日本医療小説大賞受賞。他、受賞多数。著書に、『精霊の木』『隣のアボリジニ　小さな町に暮らす先住民』『明日は、いずこの空の下』など。

美味しい物語

子どもの頃から、物語の中に登場してくる美味《おい》しそうな料理に心惹《ひ》かれてきました。筋は忘れていても、タイトルを聞いたとたん、「あ、あの料理が美味しそうだった！」などという、作者には申しわけない記憶の仕方をしているほど、私にとって、物語の中に登場する料理は大切なものなのです。

ハイジが、お祖父《じい》さんと一緒に食べていた、とろけるチーズを載せたパンや、『ツバメ号とアマゾン号』で、子どもたちが焚火《たきび》で作っていたスクランブルエッグなど、いまでは珍しくもない料理なのですが、子どもの頃の私には、異国の匂いがする、憧れの料理でした。

私は昭和三十七年生まれですが、子どもの頃は、ハンバーグなども珍しい料理だったような気がします。

小学生の頃、父に連れられて大阪の万国博覧会を見に行ったのですが、くっきりと印象に残っているのは、太陽の塔でも、月の石でもなくて、新幹線の中で食べたハンバーグ弁当でした。

ハンバーグも美味しかったけれど、カップに入ったコーンスープがついていたことに、心底感激したのでした。

それ以来、母に頼んで、よくコーンスープを作ってもらったものです。不思議なもので、レストランの濃厚なコーンポタージュよりも、母が牛乳をたっぷり入れて作ってくれた、素朴なコーンスープの方がずっと好きです。

母のコーンスープには、万博を見に行ったときの思い出のあれこれが絡まっていて、一口含むと、懐かしい、様々な感情が一気にこみあげてきます。そういう思いが絡まると、ただの料理ではなくなってしまうのですよね。

物語ご飯が、あれほど美味しそうに思えるのも、きっと、読んでいるうちに主人公の気もちになって、夜の闇を照らす焚火の匂いを嗅《か》ぎながら、フライパンの中で、ジュウジュウ音を立てて溶けるバターを見て、そこに溶き入れた卵をかきまぜ、アツアツのうちに口に含んでいるから、なのでしょう。

私が物語を書くとき、食事のシーンを大切にしているのは、その「おいしい」気もちを味わって欲しいからなのです。「読んでいる」だけなのに、香ばしい匂いを感じ、料理の美味しさを感じる。それもまた、物語を読む幸せだと思うのです。

タテ飯、ヨコ飯

その土地ならではの物を食べられるのが、旅の楽しみ！　でも、私の場合は、もうひとつ、ちょいと捻《ひね》った旅先の楽しみというのもありまして、世界に出て行ったために、変化してしまった和食や中華料理を食べると、わくわくするのです。

作家と文化人類学者の二足の草鞋《わらじ》を履いてきたもので、「学者頭」で気づいたことを、「作家頭」で創作に活《い》かす、ということが結構あり、そういうことに出会うと、あ、ネタになる、と思うわけです。

海外で日本料理店に入って、「なにか、違う」という経験をされた方、きっとおられると思うのですが、私が出会った最も面白い和食は、オーストラリアの首都キヤンベラで、母と食べた夕食でした。

閑散としているのに、妙に料理が出て来るのが遅い、そのお店で、カツ丼とお味《み》噌《そ》汁のセットを頼んだら、なんと、最初に、ぽつん、と、お味噌汁だけ運ばれてきたのです。

待てど暮らせど、カツ丼は出てこない。お味噌汁が冷めてきたので、暇そうに立っている中国系らしき店員さんに、「あの、カツ丼は？」と尋ねたら、怪訝《けげん》そうに味噌汁を指差して、「そちらはお済みですか？」と聞かれました。母と顔を見合わせ、首を傾《かし》げて……はたっと、そうか、味噌汁をスープと捉えているのか！　と気づき、「あのね、和食ではご飯とお味噌汁は一緒に出すものなのよ。カツ丼なら味噌汁は普通一緒に出て来るの」と答えると、「ええ！　そうなんですか！」と驚かれたのでした。

「日本では横型、西欧では縦型で食べる」――つまり、日本の家庭では、ご飯、おかず、汁物、お漬物などを一緒に並べて、ご飯と一緒におかずなどに箸をのばしながら食べる横断的な食べ方をするけれど、西欧の場合、前菜、スープ、メイン……という風に縦型に食べる、という分け方を聞いて、なるほど、と思ったことがありました。もちろん、西欧だって、いつもコースで食べているわけではありませんし、和食もコースがありますが、家庭の和食は、ご飯を美味しく食べたい日本人が生みだした食べ方なのだなあ、と、それが面白かったのです。

でも、辞書で「横飯」を引くと「西洋料理のこと」と出て来るのですよね。これは、西欧は横書き、ということからの連想だとか、諸説あるようですが、書くにしろ食べるにしろ、縦だったり横だったり、人間って様々やってみちゃう、面白い生き物ですね。

行きつけのお店

家のそばに、「行きつけのお店」があると、暮らしが豊かになりますね。私の場合、そういうお店は、いくつもありまして、ちょっと贅沢《ぜいたく》をしようか、というときや、編集者さんが来ているときなどは、千葉・我孫子《あびこ》の鮨《すし》の名店「司」や、駅前の「いわい」で、美味しいお鮨を楽しみます。

このふたつのお店のお鮨は絶品で、私には銀座の名店のお鮨に勝るとも劣らぬ味に思えます。

仕事が立て込んでくると遠出は難しく、編集者さんに近所まで来ていただくことが多くなるのですが、ライターさんと編集者さんと三人で、「木曽路」で松茸《まつたけ》すき焼きをつつきながら、『物語ること、生きること』という本のゲラ修正をしたことなどは、実に「美味しい仕事」でありました。

まあ、いつもそんな贅沢が出来るわけではありませんが、お昼によく行くファミリーレストランもまた、私にとっては大切な場所です。午前中の仕事を終え、買い物がてらに外出をし、「行きつけのお店」で、本を読みながら昼食をとるのが、最高の息抜きなので。

よく行くのは「ジョリーパスタ」や「夢庵」「バーミヤン」「サイゼリヤ」「ロイヤルホスト」などで、これらのお店では、店員さんと顔なじみになってしまい、疲れた顔でふらふらと入っていくと、「先生、がんばってくださいね、応援してます」などと励ましていただくこともあったりして、恐縮するやら、温かい気持ちになるやら、ま、なにしろ、ありがたいお店なのです。

九歳の頃までは、東京・根岸《ねぎし》という下町に暮らしていたのですが、近所に洋食の名店「香味屋」があって、電話一本で洋食の出前をしてくれました。

小学校低学年の頃までは食が細くて、両親を心配させた私が、大喜びで食べたのが、その出前の洋食で、岡持ちの中から、お皿に美しく盛られたお料理がでてくると、香ばしい匂いにわくわくしたものでした。

一番好きだった料理は「仔牛《こうし》の舌のチーズ焼き」で、タンにパン粉をまぶし、チーズを乗せて焼いた一品で、その洋風の味わいに、幼い私はうっとりとしたのでした。

大人になってから、根岸を訪れ、香味屋で食事をしてみたのですが、メニューにはもう、仔牛の舌のチーズ焼きはありませんでした。

暮らす場所が変わる度に変わる「行きつけのお店」は、人生の足跡《あしあと》のように、その時々の暮らしの一コマを心の中に刻んでくれているのかもしれません。

ご飯の友

　作家というのは、申しわけない職業で、編集者さんたちに、これはすごい！　と思うようなお食事を奢《おご》っていただくことが、結構あります。もちろん、「只《ただ》より高いものはない」わけで、にっこり微笑《ほほえ》んでいる編集者さんたちの「心の手」には、「太らせてあげるから、しっかり働いてね〜」という「鞭《むち》」が握られているのですが。

　編集者さんたちは、高級なお店というより、本当に料理が美味しいお店をよく知っているようで、連れていっていただくお店のお料理はみな、料理人たちが己の人生をかけて作っていて、一品、一品が、目にも舌にも、驚きと、感動を与えてくれます。

そういうお料理をいただく度に、美味しさって、本当に様々な種類があるなあ、と感じます。プロの料理人さんが精魂込めて作った料理をいただくたびに、生きていて良かった！　と嬉しくなる一方で、旅先などで、「ああ、早く日本に帰って、ご飯が食べたい！」と思うときに、心に浮かぶのは、いつものお茶碗《ちゃわん》によそったご飯と、いつものおかずだったりするわけです。

炊き立ての、つやつやの粒が立った白いご飯を、よく漬かったお漬物や、納豆などと一緒に、口いっぱいにほおばって食べる、あの美味しさ！

実家を離れたいまでも、度々思い出す美味しいおかずの筆頭は、母と一緒に作った焼き餃子《ギョーザ》です。白菜とキャベツ、ニラと合挽《あいび》き肉の、ごくシンプルな焼き餃子だったのですけれど、指に水をつけては、白いお粉のついている薄っぺらい餃子の皮のまわりを、ついっと、指先でなぞって濡《ぬ》らし、くい、くいっと小刻みに縁を寄せながら包んでいくのが楽しくて。

じゅうじゅう焼いて、香ばしく焼き色がついた餃子は、口に入れたとたん、じゅわっと汁がしみでて、何個でも食べられたものです。

いま、よく作るのは、ちょうどよく霜降りが入った薄い牛肉を、油を使わずに、さっと炒めて、葱《ねぎ》のみじん切りをたっぷりかけ、お醤油《しょうゆ》と柚子《ゆず》ポン酢とを合わせがけした簡単な料理で、これもまた、熱いご飯に、とてもよく合います。

お行儀は悪いけれど、お皿に残った、お醤油や柚子ポン酢とうまく混ざった肉汁をご飯にまぶしたら、それはもう、何杯でもいけてしまいます。

ご飯の良さを何倍にも引き立ててくれる「友」のお陰で、炊き立てのご飯は、ただ美味しいだけでなく、温かな幸福感をともなって、私を包んでくれるようです。

これぞ口福、ですね。

冲方丁の口福

冲方　丁（うぶかた　とう）
1977年岐阜県生まれ。96年『黒い季節』でスニーカー大賞金賞を受賞してデビュー。2003年『マルドゥック・スクランブル』で日本SF大賞、10年『天地明察』で吉川英治文学新人賞、舟橋聖一文学賞、本屋大賞、12年『光圀伝』で山田風太郎賞受賞。著書に、『テスタメントシュピーゲル』『OUT　OF　CONTROL』『もらい泣き』『はなとゆめ』『マルドゥック・アノニマス』など。

肉　命を譲ってもらっている美味さ

僕は大の肉好きである。先年の大晦日《おおみそか》は仲間同士でステーキ祭《まつり》と称し、分厚い肉を焼きまくった。

肉に好き嫌いはなく、羊や山羊《ヤギ》の独特の臭みも好きだ。学生の頃は金がなく、仲間とまずラーメンを食って腹ごしらえをしてのち、焼き肉屋に繰り出したものである。

今は年齢のせいか大量に食べられないが、やはり元気のもとは肉だと信じて疑わない。そんな肉食万歳の自分が、一度だけ、完全に肉が食えなくなったことがある。

十歳前後の頃のことだ。当時、父の仕事の都合でネパールという国にいた。ヒマラヤ山脈を擁し、インド、中国、パキスタンといった国々に挟まれた、仏陀出生の地とされる国である。

とはいえ仏教徒は少なく、圧倒的にヒンドゥー教徒が大勢を占めていた。そしてこのヒンドゥー教には、ダサインという祭がある。

その日、僕は朝から友人宅に遊びに行っていた。なぜか庭に一頭の山羊がつながれており、面白がって友人と一緒に草を与えてやったのを覚えている。山羊が僕の手に鼻面を押しつけ、熱心に草を食《は》む姿が実に愛らしかった。

その数時間後、日本人とネパール人の大人たちが山羊を裏庭に連れて行った。一人が山羊の体を押さえつけ、もう一人が独特の形状をしたククリ刀を振り下ろし、山羊の首を一刀両断にした。

僕は、不思議そうな顔をしたままの山羊の首を見つめ、衝撃で呆然《ぼうぜん》としていた。山羊は手際よく解体され、やがて裂かれたはらわたから、柔らかな緑のものが現れた。僕の手から食った草だった。

その祭礼の日、多くの山羊や水牛が神に捧げられる。数え切れないほどの獣たちが街路に横たわり、その血が街を清める。

僕はショックでしばらく肉が食えなくなり、菜食主義者になるのだと親に言い張った。だが肉の味を忘れられず、家族が食う肉が欲しくて仕方ない。結局、「断肉」は数日だけで、僕は再び肉を口にした。そうしながら、「命を食っている」という強烈な実感にうたれた。ただ美味《うま》いだけでなく、命を譲ってもらっているのだと、理屈ではなく、味覚で理解した。

肉食が一般的ではなかった日本では、こうした体験は希《まれ》だろう。「子供に食肉作りの現場を見学させては」などと発言すると、仰天されることが多い。せっかく命を譲ってもらっているのに、相手の顔も見ないなんて、もったいない。そう思うのである。

大根　大戦争を生き残った平和主義者

食といえば僕は無類の肉好きだが、野菜にだって思い出がある。その筆頭は大根だ。僕にとって大根は平和主義の代名詞である。

震災以前の僕の最大の趣味は、畑作りだった。文学賞のお祝いに母からツツジを贈られ、自分で庭に植えたのがきっかけだ。

土いじりが楽しく、調子に乗って色々な苗を買ってきては広くもない畑スペースに植えていった。

脳裏にあったのは、絵本のような世界である。花々や野菜たちが所狭しと並んで輝く、素敵な宝箱の中身のごとき光景を期待した。

結果は、見るも恐ろしい大戦争であった。植物も争うことを僕は初めて知った。己の領地を広げるため、他の植物が苦手とする化学物質を放ったり、ツタを絡ませて倒し、日光を奪ったりするのだ。

まずサツマイモが、スイカに駆逐された。恐るべき勢いでツタが葉を絞め、枯らしたのである。

ブドウの木がレモンの木に絡みついた。ミントがカモミールをなぎ倒した。トマトが養分を吸い尽くして枝豆を枯死させ、ペペロンチーノと熾烈《しれつ》に争った。紅蓮《ぐれん》の実をつける両者の間で、ベゴニアと茄子《なす》とチューリップが倒れた。

畑の主たる僕は戦慄《せんりつ》するとともに植物の獰猛《どうもう》さに魅せられてしまった。いったいどれが勝者になるか。俄然《がぜん》、手に汗握りつつ適度に肥料を加えて注目した。

大勢はトマトにあった。なんと実の重みで枝を折るほど育った。折れた枝は実ごと腐って肥料となる。トマト帝国の版図拡大の陰で、トマト内身分制度が定められ、弱者が強者の肥料にされたのだ。小都市国家のごとくスイカとペペロンチーノが抵抗したが、夏が終わり、大きな実を残してスイカが枯れ、ついでペペロンチーノが生長を止めた。タイマー設定でもしたかのような見事な自主衰退により、次世代に場を譲るのだろう。

ついにトマトが勝った。そう見えたとき、絡み合った何種類もの葉やツタの下で、艶々《つやつや》とした葉が広がっているのに気づいて驚愕《きょうがく》した。いったい何者か。植えたことすら忘れていた、大根だった。

二十種類近くもの種が生存競争を繰り広げる真下で、泰然として争いに加わらず、さながら永世中立国のように静かに粛々と、ぶっとい大根が育っていたのである。トマトと大根。まさに炎と水ほども対照的な最終生存者だが、共感すべきは大根であった。この静かなる生命の強さこそ、日本の、和風の心意気であろう——などと家族の食卓で熱弁を振るい、トマトサラダと焼きサンマの大根おろし添えを賞味する、忘れ難き食の思い出なのであった。

魚　シャケは食べ物とみなされない？

生魚を美味いと思って食べられるようになるのに、ずいぶんかかった。魚そのものは大好きなのだが、焼いたか煮たかしたものしか食べてはいけないようなタブー感が今も僅《わず》かながら残っている。

別に宗教的なタブーではない。子供の頃、父の仕事の都合により東南アジアで暮らしていたせいである。冷蔵設備が不十分であったため、「生魚を食べるとお腹を壊す」というイメージが強かった。帰国して十年ほど経って、やっと刺身《さしみ》の美味さを理解した。

ある国ではごちそうでも、別の国ではそもそも食べ物とみなされていない例は多々ある。

その一つが、「シャケ」だ。

実は、魚の中で、私が最も好きなのはシャケで、次がアユ、三位が焼いたマグロである。そして子供の頃、その大好きなシャケについて、こんな意外な話を聞いたことがある。

父の友人に、日本政府の事業に関連し、アフリカでの飢餓対策に従事した経験を持つ男性がいた。

彼は事業に大いに意欲的で、現地の様々なことがらを勉強し、使命感をもってアフリカのとある地域を訪れた。

予期した通りの荒廃が眼前に広がっている。政情はやや安定していたが、一刻も早く救わねばならない者がごまんといた。彼は農地の開墾をはじめ、様々な事業に精力的に関わり、あるとき河川を調査した際、驚くべきものを見た。

なんとシャケの群が遡上《そじょう》しているのである。彼が喜び勇んで「君たち、あれを食え！」と言うと、現地の人々はぽかんとなって「正気ですか？」と返したという。

現地ではシャケは食べ物とされていないのである。だが豊かな国ならまだしも、飢餓が広がる地域でシャケを見た日本人が黙っていられるわけがない。思わず大声で怒鳴り散らした。「馬鹿野郎、お前たち虫だって食うだろ。なんでシャケが食えないんだ」

「我々が虫ばかり食べていると思っているのか」と現地の人々も腹を立て、「あんな醜い寄生虫だらけの魚を食べて死んだらどうするんだ」などと、互いに退かず、激しい口論になってしまった。

結果としては、彼が教えたシャケの調理法は一部で、ごく一時的に受け入れられたのだそうだ。それでも中には、「こんなしろものを食べるなんて、みじめだ」と涙を浮かべる者もいたという。

食の常識は、かくも国によって違うのかと考えさせられる話だった。ちなみにイクラをごちそうとみなす者も世界では希少で、多くは捨てられてしまうそうだ。あんなに美味《おい》しいのに。

茶　異言語でかくも似た発音とは……

父の仕事の都合で南アジアに住んでいた少年期の何よりの楽しみは夕食後のお茶の時間だった。

ゲームもレンタルビデオもないどころか、しばしば停電してしまう。そういう家のリビングで、家族や遊びに来た様々な国の大人たちとともに、ロウソクの灯《あか》りを囲んでチャイやデザートを味わいながら話をする。真っ暗闇の中では、会話のほかにすることがない。だが今思うと、子供にとって、それこそ無上の贅沢《ぜいたく》であった。大人たちがそろって子供である自分たちを対等に扱い、会話に参加させてくれたのだから。

私はその豊かな暗闇で幾つも記憶に残る話を大人たちの口から聞いた。中でも定番の話題は、みなの目の前にある「お茶」だった。

現地のお茶を意味する言葉は「チャイ」であった。日本語では「チャ」だ。英語で「TEA」だが、この言葉は「ティア」という発音にも通じるという。

他にもイタリア語やスペイン語の「テ」や、フランス語の「ティ」など、幾つかの国の単語を教えられたが、要は、どの言葉も、まるで「チ・ア」から派生したかのような、非常によく似た響きを持っている、というのである。

なぜ、類似音の単語が、世界の多くの国々で、同じように「お茶」を意味する言葉として使われているのだろうか。

もしかすると言葉の響きの発祥を辿《たど》ることで、一説では中国が起源だとされているお茶がもっと厳密にどこで発明されたか、わかるかもしれない。そんな、途方もないことを言いだす大人もいた。

かと思うと、「茶やそれに類似した飲み物を見ると、自然とチ・アに類した発音で表現したくなる人々が多かったのでは」と逆説を語る大人もいた。

当否はともかく、子供の私にとっては、今まさに口にしている素敵な香りの甘いチャイが、何やら神秘的なものに思えてくるような話題だった。

ちなみに「類似音ネタ」は、けっこう色々なものが出た。特に子供の私をびっくりさせたのは、他ならぬ「名前」であった。

名前を意味する言葉は、ネパール語で「ナム」、英語は「ネーム」、ドイツ語で「ナーメン」だ。そして日本語では「ナマエ」である。

なんと全て「N、M、A、E」の四つの音だけで構成されている。

ちなみにフランス語やイタリア語などラテン語系は「N、M、O、E」で、母音が一つ違うだけ。

日本・アジア・アメリカ・ヨーロッパで、かくも類似した発音が使われるのは、なぜだろう。甘いチャイを飲むたび、答えのない問いが繰り返し湧くのである。

川上弘美の口福

川上弘美（かわかみ　ひろみ）
1958年東京都生まれ。96年「蛇を踏む」で芥川賞、99年『神様』でBunkamuraドゥマゴ文学賞、紫式部文学賞、2000年『溺レる』で伊藤整文学賞、女流文学賞、01年『センセイの鞄』で谷崎潤一郎賞、07年『真鶴』で芸術選奨文部科学大臣賞、15年『水声』で読売文学賞受賞。著書に、『七夜物語』『なめらかで熱くて甘苦しくて』『晴れたり曇ったり』『猫を拾いに』『大きな鳥にさらわれないよう』など多数。

しょぼ飯欲

大人になって、料理を作りはじめてからどのくらいたつのだろうかと、この前数えてみた。

約三十年である。

そんなに長く作りつづけているのだから、最初のころよりも料理が上手になったかというと、不思議なことだが、そんなことはない。

謙遜ではない。事実である。

たとえば、野菜をよりこまかく刻むだの、ゆでたまごの黄身のちょうどいいとろとろのゆで加減が会得できただの、刺し身のさくの切り方がほんの少しうまくなっただの、そのくらいの習熟はしたのだけれど、では味が格段においしくなったかというと、そんなことは全然ないのだった。

　そもそもわたしが得意な料理は「トマトを切っただけ」とか「青菜をゆでただけ」とか「わかめとじゃこをまぜてお酢をかけただけ」といったものである。もう少し手のこんだものでも、せいぜいが「塩をした肉を焼いてレモンでじゃっと味をつける」「安いまぐろの赤身をたたいてごま油とおしょうゆをいれてまぜる」「そうめんの具を二種類ではなく四種類にふやす」くらいのもので、なるほど、これでは上達のしようがないのは、まあ当然だ。

　外食をすると、しんそこ、なんておいしいんだろうと思う。なんでもない居酒屋のつまみ、などという言葉があるけれど、なんでもないつまみなんて、本当はこの世に存在しない。居酒屋のあるじが精魂かたむけて作ったものを、客であるわたしたちが食べて「ふつうだな」と感じるとしても、味の好き好きの異なる何十人ものお客のたいがいが「ふつうだ」と思うものを作るのは、ほんとうはどんなにか難しいことか。断言するが、わたしには、絶対にそんなものは作れない。

　かくのごとく、全然上達しない自分の料理を、それではいやいや食べているのかというと、そうでもないのも不思議なことだ。しばらく旅などをして、おいしいものをたくさん食べて家に帰ってきた時。ああ疲れた疲れた、なんて言いながら、冷蔵庫に残っている前の前の晩のおいもの煮つけだのつくだ煮だのを、適当にささっと作ったおみおつけと、解凍したごはんと一緒にしょぼしょぼ食べる時の、あのおいしさたるや。

実はわたし、人には「しょぼ飯欲」があるんじゃないかなと、このごろとみに感じるのだ。いやまあ、ただの自己弁護かもしれないんですけどね。

お弁当

お弁当が、好きだ。

食べるのも好きだけれど、作るのも、あんがい好きなのだ。

わくが決まっているのが、いいのだと思う。それから、ここが重要なのだけれど、おかずもごはんもさめているのがいい。

小さいころ、母（わたしとは正反対の料理上手）から、「温かいものは温かく、冷たいものは冷たく」と、耳にたこができるほど言われた。料理を作って出す時の心意気である。でも、それがわたしはひどく不得意なのだ。なぜならわたしは食卓ではなるたけ楽にしていたいからだ。

一度食べはじめたら、是非ともどっかと座りこんでいたい。手のこんだ給仕は、執事や召使にまかせたい。でも執事も召使もいない。だから、熱いものも冷たいものもいっぺんに卓上に並べ、さめてゆこうがぬるくなろうが、かまわずのんびり食べ続けることとなる。

べつに、悪いことではない。でもなんだか、気がとがめるのだ。刷り込みは、おそろしい。

だから、お弁当。

そもそも、盛りつけというものが不得意だ。でもお弁当ならば、赤と黄色と茶色と緑の色さえそろえば、ごく適当に並べても恰好《かっこう》がつく。そのうえ、さめてもぬるくなっても何も気にすることはない。というよりも、温かくなければおいしくないものや、低温に保たなければならないものは、むしろ積極的に避けるべきなのだ。

なんて気が楽なんだ!!

自分で作るだけではなく、もちろんよそさまの作ったお弁当も大好きだ。新幹線に乗る時には、必ず駅弁を買う。そして、駅弁は駅弁専門のお店が、いい。なんとか亭が特別にお弁当を、などというものは、おいしすぎてだめだ（断言）。おいしければおいしいほど、それがもっと温かくまたは冷やされてある時のことまで想像して気が散ってしまうし。

けれど、専門駅弁は、そうではない。最初から、少しばかり過酷な状況――仕事をしながら／時間がないのであわただしく／ミニ宴会が始まっていて味わうことなど二の次で――を覚悟した、余白のないごく能率的な詰めようの、いっけん、味到達目標（今作った言葉です）がごくつつましく設定されているようにみえる駅弁だけれど、動いている電車に乗って食べるには、最高のものなんじゃないだろうか。

こんなにもお弁当が好きなのだから、三食お弁当でもいいなと、一時はひそかに思っていた。で、実は本当に、三日ほどお弁当だけ食べ続けたことがあるのだ。

……即、飽きました。

苦手な献立が、ひとつだけ

苦手な献立は、何ですか。そう聞かれたら、みなさまなら何とお答えになるだろうか。

ありません。と、いつもは答えることにしている。実際のところ味の嫌いな食べものは、ないし。

けれどほんとうは、あるのだ。苦手な献立が、ひとつだけ。

言いづらい。なぜなら、その献立は、人と人との親睦を深めるものとされるものであり、それが苦手と申告することはすなわち、「友だちとなごやかに過ごすのが苦手」と打ち明けるのと同じこととなってしまうからである。

でも、この機会に、わたしの苦手を、つつしんで告白してみようと思う。

それは鍋もの、である。

なぜ苦手なのか。

いちいちその場で作業しなければならないのが、まどろっこしい。ゆで加減をずっと気づかっているのも、面倒である。一緒に食べる相手にも、気をつかう——この肉だんごはわたしが食べてもいいのかしら／あの人のすくった魚、まだ煮えてないように見えるけど、指摘しなくていいのかな／おじやを作る前に具は取り出すべき？／煮えたぎってるのに誰も火を弱めようとしないじゃないかよ、くそ——云々。

そういえば、「今夜何食べようか」と聞くと、必ず「鍋がいいなあ」と答える男の人とつきあったことがある。

すぐさま、別れた。

たぶん、人として自分には何か欠陥があるのだ。

都会の孤独。

人に心を開けない寒々しさ。

ひずみの多い現代人。

マイナーなあおり文句が、いっぱい浮かんでくる。その通り。心を開くのは苦手であるし、さむざむしい性格だし、悪しき現代人でもある。

でも、みなさん。ほんとうに、鍋って好きですか？　誰かが鍋の世話をしてくれるからいいんであって、たとえば最初から最後まで自分で鍋の取り仕切りをしなければならないとしたら、どうなんですか？　それに、そんなにおいしいですか、しろうとの作る鍋もの？

……ああ、やっぱりどう考えても、分が悪い。実はわたし、団体球技が苦手である。コンサートでみんなが総立ちする時にも、最後まで一人でむっつり座っている。そういえば、友だちも、とっても少ない……。

このエッセイを書いてみて、はっきり認識できた。はい。わたしは暗い人間です！

ということで、求む鍋嫌いの友。親睦せず、寒々しく、そっぽを向き合って一献傾けましょうぜ。

そのスイッチ

そのスイッチは、気温が二十八度以上になると、「かちっ」という音をたてて、まえぶれもなく突然オンになる。

それまでは、具をたくさん使ったスープや、豚バラ肉を二時間かけて煮たものや、おでんや、骨が食べられるくらい柔らかくなるまで煮た青魚、などなどの、「ぐつぐつ」音をたてて出来上がってゆくものを嬉々として作っていたのが、スイッチが入ると、記憶喪失になったように、人はそれらをすべて忘れ去ってしまうのである。

そのスイッチとは、「真夏スイッチ」。

真夏スイッチが入ると、台所に立つ時間はミニマムになる。長時間煮こむような料理はこの世に存在していないこととなり、「いっぺんに炒める」「いっぺんに蒸す」「いっぺんに炊きあげる」「ただ、切る」だけの料理が世界を席巻《せっけん》する。

たとえば、スイッチオフの六月のある晩の献立は、次のごとし。

こまつなをゆでたもの。

簡単ポテトサラダ。

鶏肉をトマトと一緒に焼いたもの。

かぶと揚げのおみおつけ。

ごはん。

まあ、れいによってシンプルというか、素材を活かしたというか、まるで手がこんでいないというか、そういうものではあるけれど、台所滞在時間は少なくとも三十分はかかる料理である。

ところが、次の次の週に梅雨あけして夏の暑さがやってきたとたん、献立は一変する。

きゅうりのたたき（たたいて豆板醬《トウバンジャン》と醬油《しょうゆ》をかけた）

長芋の細切り（ちぎった韓国海苔《のり》をかけた）

冷やしトマト（切った）
ひややっこ（置いた）
枝豆（これだけはゆでた）
ビール

台所滞在時間は七分と十八秒（ちゃんと計りました）。なんというか、人間が、百八十度とはいわないけれど、百三十五度くらいは、変わってしまった感じ。あんなに好きだった男が、「なんかめんどくさくて、あんまり会いたくないし」になってしまった感じ。いつもきれいな巻髪にしていたのが、突然大きな帽子を目深にかぶって黙りこんだ感じ。

真夏の力、おそるべしだ。そして、もっとおそろしいのは、切ったり置いたりするだけの料理にも限りがあるということだ。

誰か、「置くだけクッキング」あるいは「正真正銘三分でできる料理」を出版してくれないものだろうか。猛暑続きのこの夏の候、せつに願う次第である。

一人の食事を見ていたのは

それは七年前のことだった。

家に誰もいなかったので、一人用の夕飯を用意し——バターしょうゆご飯に、ゆでたブロッコリ、じゃっと焼いた豚薄切り肉、そしてビール——読みかけの本を開き、食卓に肘《ひじ》をついて隣の椅子に両足をのせるというごく自堕落な姿勢をとり、今しもだらだらとブロッコリをつまみあげつつ小説を読みはじめようとした、その刹《せつ》那《な》。

あっ、見られている、久世《くぜ》さんに。と、突然思ったのだった。

その前の週に、久世光彦《てるひこ》さんは、亡くなった。新聞の書評の仕事で、一週間に一度顔をあわせていた。『センセイの鞄』というわたしの小説のドラマ化をお願いした。「くぜさんです」という不思議な書き出しで始まるファクスを、時々くれた。大好きな、作家だった。

でも、それまでどんなだらしない食事のしかたをしていても、「久世さんに見られたくないなあ」なんて、一瞬も思ったことはなかったのだ。それほど近しい間柄でもなかったし。

ところが、その日はなぜだか、わたしが椅子の上に足をだらんと置いているさまや、箸を使わず指でものをつまむ姿や、バターしょうゆごはんのバターでくちびるが濡れているさまを久世さんがじいっと見ていて、「だらしねえなあ、カワカミ」とつぶやいたような気が、してしまったのだ。

ぱっと足を椅子からおろした。背筋をのばし、きょろきょろあたりを見回した。あわててお箸を持ち、バターしょうゆご飯をつまみ、でもうまくつまめなくて、こぼした。胸が、どきどきしていた。

どんなにいいところを見せたい相手に対しても、それまで、「一人で食事するこのだらしない姿を見られたくないな」などと思ったことは、なかった。だって、見られるはずは、ないのだし。幽霊だって、まったく信じていない。でも久世さんは、確かにその時わたしを見ていた。あれ以来、一人の時に、思いきり自堕落な食事をすることができなくなった。

どうして久世さんなのだろう。父母でもカトリックの女子校時代の厳しいシスターでもなく。もしかすると、大人になって、誰かから注意されることもなくなって、するとかえって誰かに叱ってほしくなったのかもしれない。そんながみがみじいさんの役、俺にさせるなよカワカミ、と反対に叱られそうな気もするけれど。

年をくうにしたがって、ますます多くなる一人の食事。その時のパートナーが、亡くなった大好きな人たちだとしたら、それもまた楽し、なのかもしれませんね。

北村薫の口福

北村薫（きたむら　かおる）
１９４９年埼玉県生まれ。89年覆面作家として『空飛ぶ馬』でデビュー。91年『夜の蝉』で日本推理作家協会賞、２００６年『ニッポン硬貨の謎』で本格ミステリ大賞評論・研究部門、09年『鷺と雪』で直木賞受賞。著書に、『秋の花』『六の宮の姫君』『朝霧』『スキップ』『ターン』『リセット』『ひとがた流し』『野球の国のアリス』『元気でいてよ、Ｒ２-Ｄ２。』『八月の六日間』『慶應本科と折口信夫　いとま申して２』『太宰治の辞書』『中野のお父さん』『うた合わせ　北村薫の百人一首』など多数。

『ぞろぞろ』と「はっかのお菓子」

先代の正蔵、林家彦六の高座姿は今も目に浮かぶ。口調そのものが懐かしい。忘れ難い名場面は幾つもある。『ぞろぞろ』の冒頭も、そのひとつだ。生で聴いたかどうか、はっきりしない。録音ならいろいろある。テイチクから出た『古典落語の巨匠たち』には、昭和五十年、鈴本演芸場の高座がおさめられている。そこから引く。

お稲荷《いなり》さまの前にある、流行らない茶店に客が来る。駄菓子をつまもうとする。

「白いお菓子は、はっかのお菓子かね。はっかのお菓子ってぇのは、こう三角になってるもんだがね。こいつは、六角だの八角だの色んな形だねえ」

「へえ、仕入れました時は三角でございました。ちっとも売れねえもんでございますから、店の掃除の度《たんび》にぶつかりあって、そんな格好になっちゃったんでございます」

「ふうん、はっかのお菓子も揉《も》まれたんだねえ。苦労の末だ」

こういう部分が、胸に飛び込んで来る。店先でわらじを売っている時代の話だ。はたしてそんな頃から、「はっかのお菓子」があったのかどうか、わたしには分からない。だが、理詰めの詮索《せんさく》は野暮だろう。彦六の抱く「昔」の世界には、確かにこれが存在するのだ。

こう聴くと、わたしの目にも、小さい頃に入った駄菓子屋の店先が浮かぶ。

「あったよなあ……」

正式名称など無論、分からない。「はっかのお菓子」としか、いいようがない。形は三角。白と紅の、二種類あったような気がする。それをポリポリとかじった。ほかに、カルメ焼きなども好んで食べた。今、考えれば両方とも、ほとんど砂糖の固まりだ。昔の子供にとっては、「あまい」が、そのまま「うまい」だったのだ――いや、大人でもひと袋五円の、色・香りつき砂糖水のような粉末インスタントジュースを普通に飲んでいた。

現代の食品は、上品になり衛生的になりおいしくなった。「はっかのお菓子」は、おそらく今もあるのだろう。しかし、駄菓子屋の店先で買うそれと、スーパーで買うそれとは、どこかが微妙に違う。

彦六落語のやり取りに、我々の世代が感じるのは江戸あるいは明治などという時代を越えて、どこかに行ってしまったもの——漠然とした懐かしさなのだ。

『クオレ』と「焼きりんご」

子供の頃、『クオレ物語』を読んだ。「母を訪ねて三千里」が入っている本――といった方が、今は通りがいいかも知れない。その中で一番印象深いのが、実は「焼きりんご」なのである。

わたしが読んだのは、講談社の『名作物語文庫』。一冊百円だった。今は手元にない。書籍リストを見ると、『クオレ物語』小野忠孝作となっている。「訳」ではないところが一九五〇年代だ。

図書館に行ったら、その上級編ともいうべき、一冊二百円の『世界名作全集　クオレ物語』があった。池田宣政の訳。「父を思えば」という短編が、お目当てのものだった。それにより、あら筋をたどってみる。

小学四年のギュリオの家は貧しかった。父は昼に働いた上、夜も宛名書きの仕事をしている。気も疲れ、目もかすむのではかどらない。ギュリオが代わろうといっても、うんとはいわない。

ギュリオは父が寝付いた後、起き出し、父の字をまねて仕事をした。それから父は「近頃、はかどるよ」と上機嫌だ。

一方、ギュリオは寝不足になり、なまけ者と叱られるようになる。だが、真実の分かる時が来る。全てを知った父の目からは、涙が溢《あふ》れる。ギュリオは眠り、朝日の上がった部屋では、母親がギュリオの大好きな焼きりんごを焼き始めていた――という話だ。

こっそり親のためになることをして喜ばれる、というのは、わたし好みだ。しかし、子供に宛名書きをされ劇的に仕事量が増えたのを、自分がやったと思って喜んでいる大人――というのは、どうにもおかしい。子供心に《あまりにも不自然だ》と思った。それでも、この最後の「焼きりんご」が、何ともおいしそうだった。

うちに天火などなかったし、現実に焼きりんごが食べられたのは、ずっと後のことだ。だからこそ、子供の舌には、食べてはいないその味が強烈に残る。

わたしの読んだ『名作物語文庫』版は、同じ出版社の本だ。これをより簡略にしたものだったろう。

ところが――だ。今回、念のため、より広く読まれているであろう岩波少年文庫の前田晁訳『クオレ』を開いたら、何とわたしにとっては肝心の「焼きりんご」が出て来ない。全訳だという。池田訳がなかったら、自分の記憶を疑うところだ。

ひょっとしたらこの部分は、訳者の創作であり、あの「焼きりんご」は、池田宣政がギュリオ少年に与えたご褒美だったのかも知れない。とすれば、わたしもそのご褒美をもらったのである。

谷崎と「水」

わたしのうちで飲み物といえば、昔はお茶、麦茶、紅茶だった。そして、「水」を飲んだ。

小学校では、水道の蛇口から出るのを、そのまま口にした。鉄の味がした。当時は、水道水を、鉄管ビールといった。無論、子供のいい方ではない。大人の言葉を耳にしたのだ。日本は水の質がよいから飲める。外国では飲料水を金を出して買う——などと聞いて、そんなことがあるのかと思った。

うちに水道が入ったのは、小学生の時だった。それまでは井戸の水を飲んだ。何軒かで使う、共同井戸だった。我が家は父が衛生に気を配っていたので、沸かしざましでなければ飲んではいけなかった。ほかのうちがどうだったかは知らない。とにかく、飲料水を改めて買うような生活は、考えられなかった。

ところが、大学生になり、谷崎潤一郎の本を読んでいたら、ミネラルウオーターに慣れたら、水道の水など、まずくて飲めない——という一節に出会った。

学生が食べるのは、生協食堂にある鯖《さば》の味噌《みそ》煮定食ぐらいだ。谷崎の作中に出て来る料理など雲の向こうにある。だが、この時、

——水なら、買えるかも……。

と、思った。

町の酒屋に行ったら、ミネラルウオーターがあった。ガラス瓶に入っている。ただし、一本では駄目。一ダースでしか売らない。それでも、手の出ない値段ではなかった。水を買うのは、生まれて初めてだった。

栓抜きで最初の一本を開け、コップに注いで味わってみたが、

——分からない……。

特別なものとは思えなかった。残りは納戸にしまった。

贅沢《ぜいたく》品だから、ごくごく飲んだりはしない。そのうちに時は流れ、気がついたら

一年以上経っていた。こういうものがどれくらいで変質するのか分からなかったが、何だか気味が悪く、結局、捨ててしまった。あわれな話である。

今は町のスーパーやコンビニに、ペットボトルの水がいくらでも売られている。水道の水を飲む人も減ったのだろう。わたし自身、水道には濾過器《ろか》をつけている。それでお茶は飲むが、出る水を直接飲むことはなくなった。

さて、昔、わたしを酒屋に走らせた谷崎の本だが、『瘋癲《ふうてん》老人日記』と記憶していた。だが今、ぱらぱらページをめくってみても、それらしい箇所が見つからない。内容から考えると、いかにも谷崎である。

——はたして、あれは何だったのか。

と、首をひねっている。

漱石と「カステラ」

森茉莉のエッセー「卵料理」に、次のような一節がある。

夏目漱石氏の小説の中に、「卵糖」と書いて、カステイラとルビを振ってあったが、あまりおいしそうな当て字のため、カステラではなくて、何か別なお菓子のように、思われたことがあった。

なるほど明治四十一年発行の『虞美人草』(の復刻版)を見ると、博覧会の場面で「西洋菓子」として紅茶と一緒に出て来るのが、「チョコレートを塗った卵糖」

である。ただし、ルビは「カステイラ」ではなく「カステラ」だ。

しかし、わたしにとって一番印象深い、漱石のカステラは『こころ』に出て来るものだ。大正三年発行（こちらも復刻版）の本を見てみよう。

語り手である「私」が、先生の家の茶の間で、奥さんと二人だけで話す。用心のため、留守番を頼まれたのだ。やがて、先生が帰って来る。奥さんは、紅茶と共に出した「西洋菓子」の残りを「私」に持たせる。これが――「チョコレーを塗った鳶《とび》色のカステラ」だ。「チョコレー」というのは、初版本がそうなっているのである。

こちらは「卵糖」ではない。森茉莉が見たら、がっかりしたろう。いや、「卵料理」のこのくだりに導かれた読者もまた、残念な思いをするのではないか。

漱石の当て字は有名で、同じ言葉がいろいろに書かれる。だが、『虞美人草』の時代は「卵糖」で、『こころ』になってしまえば「カステラ」というのも、それぞれにふさわしい気がする。

いずれにしても、「西洋菓子」といって、共にチョコレートを塗ったカステラが出て来るのだ。イメージの元は、ひとつだろう。近代文学中、漱石についての研究は、それこそ頭のてっぺんから足のつま先までなされている。このカステラについても、「あれは、どこどこのものだ」などと調べた人がいるのかも知れない。

わたしの町にはカステラ工場があり、カステラを裁断した端切れを安く売っていた。母が買って来て、食べさせてくれた。こういうものが、案外、おいしかったりする。

漱石の時代には、今では考えられないほどハイカラで、物語の中で、ひとつの象徴ともなり得たカステラ。わたしはそれを小さい頃から、普通に食べられたわけだ。工場の跡は、団地になってしまった。住む人々の多くは、昔、ここでカステラが焼かれていた——などとは知らないだろう。

かくして、時は流れて行く。

桐野夏生の口福

桐野夏生（きりの　なつお）
１９５１年石川県生まれ。93年『顔に降りかかる雨』で江戸川乱歩賞を受賞しデビュー。98年『ＯＵＴ』で日本推理作家協会賞、99年『柔らかな頬』で直木賞、２００３年『グロテスク』で泉鏡花文学賞、04年『残虐記』で柴田錬三郎賞、05年『魂萌え！』で婦人公論文芸賞、08年『東京島』で谷崎潤一郎賞、09年『女神記』で紫式部文学賞、10年『ナニカアル』で島清恋愛文学賞、11年同作で読売文学賞受賞。15年紫綬褒章受章。著書に、『玉蘭』『メタボラ』『ハピネス』『だから荒野』『夜また夜の深い夜』『奴隷小説』『抱く女』『バラカ』など多数。

ポップコーンVS.沢庵

私は、汁物とご飯があればそれで済む、地味な人間なのだが、その昔、思春期と呼ばれる頃には、カッコいい食べ物に憧れていた。

当時、最高にカッコよくて、一度食べてみたいと思っていたのは、ピザだ。六本木や青山には、ピザを食べさせる店があり、オシャレな男女が集まるという噂《うわさ》があった。

家で食べる習慣のない、いや食べることのできない洋物の食事は、すべてカッコよく見えた。ドリア然《しか》り、スパゲティ然り、何とかパイ然り。

マックもファミレスもない時代だから、外で食事をすることへの憧れとも一致していたのだった。

反対に、白いご飯をもりもり食べるのはカッコ悪いとされていた。女子たちが、人前であまりご飯を食べなくなった時代の始まりでもある。

それで思い出したことがある。私が小学生の頃、ある少女漫画雑誌に載っていた身の上相談だ。

「私の家の隣には、アメリカ人一家が住んでいます。その家に自分と同じくらいの年の女の子がいるのですが、その子は、毎日コーラを飲んで、ポップコーンを食べているのです。それがすごくうらやましくて、自分もやりたいのですが、どうしたらできるでしょうか？」

私はその相談を読んで、心の底から同意したのだが、答えはまったく想像力を欠いたものだった。

「そんなにうらやましがることはありません。あなたも麦茶を飲んで、沢庵《たくあん》をかじればいいではないですか」

どう見ても、回答を書いた人は、相談者の年齢よりはるかに年上で、しかも男性ではないかと思われ、さらに言えば、まったく相談の趣旨を理解していなかった。

そうなのだ。当時の女の子たちの誰もが、コーラを飲んで、ポップコーンを食べるアメリカ人の女の子のライフスタイルをうらやましく思い、そうなりたいと願っていたのだ。瓶から直接飲むのは下品、歩きながら食べるなどもってのほか、の時代だったのだから。

つまり、あの頃知った食べ物は、自由や豊かさの象徴でもあったのだ。

時は移り、今や東京は世界に名だたるグルメの街となってしまった。「食べ物」は「フード」と呼ばれるようになり、カッコいいだの悪いだの、そんな素朴なことを言う人はもういない。

でも、麦茶と沢庵はスローフードだから、ジャンクフードよりカッコいい、と思っている人はいるかもね。

母が「バウルー」を捨てたとき

私は居職《いじょく》なので、お昼ご飯は家で食べることが多い。朝食は必ず食べるから、その軽重によって献立は変わるものの、基本的にたいしたものは作っていないし、食べていない。時間がある時に、シチューや豚汁、カレーなどを作ることもあるが、それは単に夕飯を先に作っているだけの話である。

比較的多いのは麺《めん》類だ。急いでいれば、冷凍の蕎麦《そば》を湯がくし、カップ麺も食べる。インスタントラーメンに、肉や野菜、卵を入れるのもよく作る。ちょっと凝って、ニンニクで炒めたうどん玉に、熱いおつゆを張って食べることもある。夏は素《そう》麺《めん》、それに、天かすを載せたうどんのぶっかけ。子供が小さい頃は、おにぎりを握ったりしたものだが、つい食べ過ぎるので、最近は自分におにぎり禁止令を出している。

先日、用事があって外出し、お昼ご飯を外で食べることになった。久しぶりなので、滅多に食べない物にしようと、オシャレなカフェに入って、コーヒーとクロックムッシュを注文した。

クロックムッシュをひと口食べた途端、思い出したことがあった。私が高校生の頃の、お昼ご飯時のことである。母と大学生の兄と小学生の弟、そして私の四人が、打ち揃って昼ご飯を食べている光景だ。父がいなかったから、たぶん、春休みや夏休みなどの、長期休みの時ではなかったかと思う。

台所にあったデコラ張りのテーブルには、昨夜の残り物の皿が並べられている。餃子《ギョーザ》だのキャベツ炒めだの漬物だの。おまけに、朝の味噌《みそ》汁の残りまである。そして、母がガスコンロで操っているのは、何と「バウルー」だった。

バウルーとは、厚手のアルミで作られた、食パン用のフライパンみたいな代物である。内側にバターを塗って食パンを二枚入れ、間にハムやチーズを挟んで両面を焼く。そうすると、クロックムッシュ的な焼きサンドになる。

そうか、クロックムッシュは、バウルーだったんだ。私は一人手を打ち、スマホでネット検索してみた。そしたらバウルーはまだ存在していて、何とシングル仕様まであった。

母がバウルーで作った焼きサンドには、いつもハムとチーズとトマトが挟んであった。焼いたトマトが苦手で、私はトマトがないといいのに、と思っていた記憶がある。

我が家でバウルーが登場するのが、決まって長期休みの昼時だったのは、皆が揃っていたからだろう。そう言えば、母がバウルーを捨てたのは、子供たちが皆出て行った後だった。母はどんな気持ちだったのだろう。

普段忘れていることを思い出してしまうのだから、たまには外で昼ご飯を食べた方がいい。

満腹して思う「なんだかなあ」

二月初め、女四人で沖縄本島を旅した。丸々使える一日は、あいにくの十砂降りで寒い。空を見上げて、「なんだかなあ」と呟《つぶや》く。でもまあ、出かけようじゃない、と皆で本部町《もとぶちょう》に向かった。

雨に煙る辺野古《へのこ》の海を眺め、今帰仁《なきじん》城へ行く。しかし、雨の中、城を歩くのは大変だと言われて諦め、八重岳《やえだけ》の寒緋桜《かんひざくら》を見物に。寒緋桜は濃いピンク色をしていて美しかった。雨の中ながら、ひと足早いお花見である。

遅い昼ご飯は、金武町《きんちょう》にあるタコライス屋さんに決まった。その名も、「キングタコス」。金武町は、タコライス発祥の地なんだそうだ。

タコスは食べたことがあるが、タコライスは初めてだ。聞けば、白飯の上にタコミート（チリ味の挽肉《ひきにく》）とチーズ、レタスやトマトなどの野菜を載せて、少し辛めのサルサソースをかけて食べるらしい。思うに、ハワイのロコモコ丼的なものであろうか。ごちゃ混ぜ好きの私には、密《ひそ》かに心躍るものがあった。

雨脚の衰えた頃、キングタコス金武町店に到着した。一階のカウンターで注文して、二階で食べる形式らしい。全員が「タコライスチーズ」を注文した。トッピングも、チーズにする。

大きな間違いをしでかした、と気付いたのは、出来上がったタコライスを見た時だった。白いご飯の上に茶色いタコミート、その上を覆い尽くさんばかりの、オレンジがかった黄色い物体は、シュレッドしたチーズだ。つまり、目に入るのは、白と茶、そして圧倒的な量の黄色。

「えっ、レタスとかトマトは、どこにあるの？」と、全員がうろたえたが、いまさらどうしようもない。どうやら「タコライスチーズ野菜」と、注文すべきだったらしい。

ご飯もチーズも半端ない量で、いくら食べても減らない。とはいえ、美味《おい》しいので、胃袋がいっぱいになってしまうのがもどかしい。

「こんなに一度にチーズを食べたのは、初めてかも」と、一人が溜息《ためいき》混じりに言って、それを契機に全員がスプーンを置いた。食べ物を残すことに罪悪感があったが、これぱかりはどうしようもなかった。

宿に戻って夕食までの間、部屋に届いていた地元紙の朝刊を読んだ。すると、一面トップに、衝撃的なニュースがあった。「沖縄県子どもの貧困実態調査」の結果だ。

沖縄県の子供の貧困率は、二十九・九パーセントだというのである。実に、子供の三人に一人が、貧困に苦しんでいることになる。これは大変な数字だ。「なんだかなあ」。苦い気持ちがなかなか消えなかった。

待ちわびる人の深き悲しみ

十年ほど前、記憶喪失になった若い男の物語を書いたことがある。

彼は、自分が何者かわからないままに、あてどなく彷徨《さまよ》うのだが、ポケットには一円の金も入っていない、という設定だった。

小説といえど、適当に書くわけにはいかないので、彼に何をどうやって食べさせるか、に頭を悩ませた。親しくなった女の子に朝定食をおごってもらったり、拾った金でコンビニのおむすびを買ったりと、ラッキーな出来事を創出したのだが、やがて種が尽きて、彼が空腹になるたび、憂鬱《ゆううつ》になった。

また腹が減ったのか。そりゃ仕方がない、動物だもの。では、今度はどんな幸運が彼を救うことにしようか、と。

満腹しても、人は時間が経てばまた腹が減るわけだから、その際限のなさに、こちらも悲しくなったものだ。

古川緑波《ろっぱ》という、戦前から戦後にかけて活躍したコメディアンがいる。彼の『ロッパの悲食記』というエッセイは、昭和十九年の食糧事情が極端に悪くなった頃の食事日記である。

美食家で大食漢のロッパが、戦時中、いかに苦労して好きな食事にありつけたか、という記録だ。

例えば、昭和十九年一月十三日には、こんなことが書いてある。

「（中略）国道に近き処にあるヤミ洋食屋へ行く。キン坊という店なれど、表は閉《とざ》して、カーテンを引き、休業の札を出してあり、裏から入る。

今日のメニューは、すばらしかった。ポタージュ、ビーフシチュウ、カリノラワーのクリーム煮、ビフテキ、カツレツ、そして、ライスカレー、これだけ皆食った。久しぶりで、身のある満腹感。」

こんなに食べられているのに、なぜ「悲食」なのか。それは、ロッパが「食」のほとんどを、金で得ていたからだろう。農も漁も猟もできない人は、「食」を買わざるを得ない。その「食」が払底《ふってい》すれば、徹底的に受け身になってしまうのだ。

馴染《なじ》みの店に行っても、旅先で評判の店に入っても、何を食べさせてもらえるかは、その日になってみないとわからない。出たとこ勝負で、ロッパは巡業に出かけ、白米を食べさせてもらえた、今日は黄いろい飯で食えず、ウィスキーがあった、と一喜一憂する。

「食」には、欲望と充足のストーリーがある。物語を「作る」ことができると、人は満足する。ところが、腹が減っても、「食」を得られない場合は、僥倖《ぎょうこう》を待つしかなくなる。これを悲しいと言わずして、何と言おうか。

空腹になること自体がもの悲しい。ものを食べる行為も、もの悲しい。もっと悲しいのは、待つしか術《すべ》のなくなった人の姿である。

辻村深月の口福

辻村深月（つじむら　みづき）
1980年山梨県生まれ。2004年『冷たい校舎の時は止まる』でメフィスト賞を受賞しデビュー。11年『ツナグ』で吉川英治文学新人賞、12年『鍵のない夢を見る』で直木賞受賞。著書に、『盲目的な恋と友情』『ハケンアニメ！』『家族シアター』『朝が来る』『きのうの影踏み』など多数。

初めてのカツカレー

大学で教育学部だった私は、地元の小学校に一カ月間、教育実習でお世話になった。受け持ちは二年生。夜更かしや寝坊が当たり前のいかにも学生らしい大学生活を送っていた私に、実習前、すでに実習を終えた先輩たちが「大変だよ」とアドバイスしてきた。「課題も多いし、ものすごく痩《や》せちゃった」とため息をつく姿を見て、実を言うと、「え、痩せられるんだ。やったー」と思っていたのだが、そんな考えをよそに、私は教育実習によって、痩せるどころかむしろ太った。

原因は、給食だ。

早寝早起きの規則正しい生活が身について健康になった上に、毎日子どもと一緒にたくさん遊ぶせいでものすごくおなかが空《す》く。三食きっちりと食べるようになり、お昼には栄養バランスが考えられた給食を、子どもたちと一緒になっておかわりまでしていた。

それならそれで仕方ないか、と開き直って、とことん給食を楽しむことに決めた。中でもとりわけ楽しみだったのがカレーライス。自分自身が小学生だった頃も、カレーの日はみんな朝からそわそわしていたものだ。経験上、一カ月に一度は必ず出るはずだ、と思っていると、ある日とうとう、子どもが教室の後ろに貼られた献立表を指差しながら、「先生、明日はカレーだよ」と報告してきた。

「カツカレーだよ！　すごいよ、今までただのカレーは出たことあるけど、カツカレーなんて初めてだよ」

「ええっ、本当？　先生ラッキーだったねえ」

そして、いざ給食の時間。廊下や教室にカレーの匂いが漂い、子どもと一緒にわくわくと配膳台の前に立つ。——と、そこであれ？　と思った。どこにも、楽しみにしていたカツの姿がないのである。まさか、うちのクラスだけ忘れられた？　と思いながら、おかしいな、と再度確認していると、子どもたちがしょんぼりしながら話しかけてきた。「先生、ごめん。カツオだった……」

献立表を見直すと、きちんと「カツカレー」ではなく「カツオカレー」とある。給食係がおたまでかき回す鍋の中には、肉ではなく、大きなカツオのかたまりが。カツがない、とがっかりして俯《うつむ》く子どもの顔が申し訳ないけどかわいくてたまらず、「残念だったね」と、笑って一緒に給食を囲む。

カツオカレーは肉のカレーより少し甘く、ちょっとハヤシライスのようで、とてもおいしかった。

幸福のスパイス

ある高級レストランに食事に行った時のことだ。横に座る一団がふと気になった。見れば、男性三人に女性三人。そこまで打ち解けた様子がないことなどから、どうやら合コンらしいと察しがついた。

その事実に、私はまず驚いた。えぇーっ、初対面の相手との食事にこのお店を選ぶの⁉ という驚きである。よほどの食通なのか、そもそもこのお店が贅沢《ぜいたく》に入らない人たちなのか、気になってつい聞き耳を立てると、彼らが「これまで食べたものの中で何が一番おいしかった？」という会話を始めた。

これはさぞや高級なお店の名前が出てくるんだろうな、と想像していると予想通り。「鎌倉のフレンチで出された、普段メニューにない鴨肉《かも》」とか、「京都のあの店で食べた鍋」とか様々な答えが並び、さらにそれに「鴨ならあそこもおいしいよ」と追加情報が入る。すごいなぁと半ば圧倒されながらなおも聞いていると、最後に「君は？」と、その中で一番若そうな男の子に質問が飛んだ。彼は少しはにかんだような笑みを浮かべながらこう答えた。「江の島で食べた、海の家のやきそば」

するとそ答えを聞いてすぐ、女性陣のリーダー（と勝手に判断）が困惑気味に彼に訊《たず》ねた。「それ、何か特別な味つけでもしてたの？」

意地悪で聞いているわけではなく、彼女は真剣な様子。まさか訊ね返されると思っていなかったのか、彼が「え」と困惑しながら「たぶんソースか塩……」としどろもどろに答えるのが痛々しかった。――彼の答えが本心からだったかどうかはわからない。何しろ合コンは駆け引きの場だから、女心をくすぐるため、素朴な自分を演出してのことだったのかも。あらら、と彼に同情しながら、ふと前に向き直ると、一緒に食事していた親友が、妙に無口になって人の悪い笑みを浮かべている。どうやら、示し合わせたわけでもないのに、お互いに黙ったまま横の会話を聞いていたらしい。

あ、そうか、とその時気づいた。食事をおいしくするのはきっと、誰とどんなふうに食べたか、その時どんなことがあったかという味つけだ。面白そうだな、と思うポイントも、だから黙って盗み聞きしようというタイミングも一緒の親友との食事。これはとても楽しく、おいしい。特に私のような職業の人間にとって、面白い話は何よりのご馳走《ちそう》だ。

ごめんね、と横の彼らに心の中で謝った。鎌倉で食べた鴨肉も、海辺で食べたやきそばも、ひょっとしたら、大好きな人との思い出の食事だったのかもしれないもんね、と色眼鏡を少しだけ反省する。

あの子が消えませんように

自分の好きな商品が売り場から消えてしまう、というのは悲劇だ。

私の友人には、愛用する化粧品が次々廃番になるため、常に十個単位でストック買いしているという人もいるし、また、別の友人は「私が好きになるものは消える運命だから、気に入ったものが棚からなくなるたび『ごめんなさい、私のせいだ！』と思う」とまで言っていた。彼女たちの例はまあ少し大袈裟《おおげさ》だとしても、私も結構な頻度で同じような体験をしている。特にそれが食に関することだと、問題はより切実だ。

最近だと、フライパン。カラフルなカラーリングや蓋《ふた》が立てられるところなどが気に入って、七年近く、使わない日はほぼないというくらい愛用していた。そんな酷使によく耐えてくれたものだと思うが、最近になってとうとうテフロン加工に限界が近づき、二代目を買い替えようと調べたところ、彼は生産中止になっていた。ああ、そうと知っていたら予備にもう一つ買っておいたのに、と後悔したが、もう遅い。今は、彼に代わるフライパンを探して、ネットを見ながら毎日たっぷり一時間以上悩む日々。

そんな未練がましい私の目下の心配事は、とあるメーカーのヨーグルトが消えてしまいませんように、というものだ。

数年前ギリシャを旅行した際、どんな料理よりもヨーグルトに感動した。日本のものより水気が少なく、まるで生のチーズのような食感で、かつ、これがどのお店で食べても等しくおいしいのだ。日本に買って帰りたいけど、そこはさすがにヨーグルト。生ものなので泣く泣く諦めたのだが、なんと昨年になって、このヨーグルトが日本でも発売されることになった。早速買って食べてみたところ、正に現地で食べたあの食感！　感激しながら、だけどその時に、はたと心配になった。独自製法だけあって、他のものより値段も高価。今にも売り場から消えてしまうのではないか、と危機感を抱いた。

この子を私が守ってあげなきゃ！　という使命感に駆られ、以来、売り場で見かけるたびにこつこつと買いだめしている。五個六個、とカゴに入れながら、私がいなきゃダメなんだから、と誇らしい気持ちにさえなっていたのだが、先日うきうきと買いに行ったら、売り切れていて一つもなかった。

ええーっ！　と心の中で叫び声を上げながらも「ああ、売れてるのね。良かったわ」と薄い微笑《ほほえ》みを浮かべ、売り場を後にした。今や、あのヨーグルトは安定の定番商品。ソースや味の種類もどんどん増えていく。

気分はまるで、メジャー街道を走り始めたマイナーアイドルを応援する古株のファンだ。

おにぎりとの再会

おにぎりが好き、という人は多いと思う。かく言う私もその一人。もし『最後の晩餐《ばんさん》に何が食べたいか?』と聞かれたなら、中学の頃に亡くなってしまった祖母が握ってくれた味噌《みそ》むすびを、彼女が作ったそのままの味でリクエストしようと決めている。

数年前にこのことを雑誌のエッセイに書いたところ、実家の父が「懐かしい」と喜んでいて、ああ、私にとっての祖母の味は、父にとっては、自分が幼い頃に食べた「母のおにぎり」だったんだなあと不思議な気持ちになった。

では、私にとっての「母のおにぎり」はというと、それはなんと言っても卵焼きおにぎりだ。のりのかわりに卵焼きで周りをコーティングする。

作り方は簡単。ふりかけを混ぜて作ったおにぎりを、三角形の一面ずつ小麦粉をまぶし、とき卵をつけてフライパンで焼く。物心ついた時から、私は運動会や遠足のお弁当にこの黄色いおにぎりが入っているのが普通で、周りの子のおにぎりと違っていることが子ども心にも嬉《うれ》しく、「少しちょうだい」と友達が交換を申し出てくれるのも妙に誇らしかった。

大人になって家で再現してみたところ、記憶の味と似ているものの、何かが少し違っていて、幼い頃のことだし、思い出の美化が進んでいたのかも、と残念に思った。

しかし、つい先日、私は記憶の中の卵焼きおにぎりと十数年振りの再会を果たしたのである。

私の『ツナグ』という小説の中で、主人公の少年の思い出の味としてこのおにぎりを登場させたところ、本の関連イベントで、版元の担当者がこのおにぎりを再現して、関係者にふるまってくれたのだ。「イメージとは違うかもしれませんが」と恐縮した様子で出された焦げ目がついた黄色いおにぎりの心遣いが嬉しく、「ありがとうございます。大事に食べます」と持って帰った。イベントの進行に忙しく、その場では食べることができなかったのだ。

深夜になってようやく帰宅し、アルミホイルで包まれたおにぎりを開いた瞬間、わあっと心がはしゃいだ。記憶の中と同じ匂いが鼻腔《びこう》をかすめる。作られてからだいぶ経ったおにぎりは、ホイルの中でほどよく湿り、表面も少し硬くなっている。

その時に気づいた。おにぎりは、朝に握られて、お昼に食べるものだったのだと。

冷めたおにぎりを一口ほおばる。あまじょっぱいふりかけご飯を固めた、周りの卵のほんの少しの甘さ。ああ、子どもの頃に食べたあの味だ、と嬉しかった。

中村航の口福

中村航（なかむら　こう）
1969年岐阜県生まれ。2002年『リレキショ』で文藝賞を受賞しデビュー。04年『ぐるぐるまわるすべり台』で野間文芸新人賞受賞。著書に、『100回泣くこと』『僕の好きな人が、よく眠れますように』『デビクロくんの恋と魔法』『小森谷くんが決めたこと』『世界中の青空をあつめて』『年下のセンセイ』など多数。

半分くらい薄味の牛丼

食事というものを今までにどのくらいしたのだろう、と計算してみたら四万回くらいになった。そのうち記憶に残っている食事は、あたり前だけど、少ない。いつ、どこで、誰と、などとは思いだせなくて、食べたことだけを覚えているものもある。この食品を食べたことがある、ない、というのは生物にとって重要な情報だから、たいていの食べ物について、自分が食べたことがあるかないかはわかる。

例えば僕は、牛丼を食べたことがある。

美味《おい》しかった、という感動は記憶に残りやすいけれど、それはほんの一部だ。普段よく食べているものでも、記憶に残るときもある。例えば僕は牛丼を何回食べたかわからないけれど、今数えてみたら、そのうち七回覚えていた。あそこの駅前で吉野家に入ったな、とかそんな感じの淡い記憶だ。

一番覚えているのは、味の薄い牛丼を食べたときのことだ。ちょうど普段の半分くらいに薄かったと思う。でも本当は濃かった気もする。

僕は大学生で、友だちの部屋に入り浸っていた。何をしていたのかよく覚えていないが、大したことはしていなかった。ただお腹《なか》を空《す》かせていた。

「牛丼が食いたいな」と、突然誰かが言い、「おお！　いいな」と、残りの二人が同調した。

問題は、そのときいた三人の全員分のお金を集めても、四百三十円しかなかったことだ。牛丼は一杯四百円だった。

世間では財テクという言葉が流行《はや》っていた。バブルは膨張しており、日本を売ればアメリカが四回買えるらしかった。でも僕らにはそういうのはあまり関係なく、少ないコストと労力で、どれだけカロリーを摂《と》るか、というのが日々の課題だった。

牛丼が食べたかった。牛丼がどうしても食べたかった。

僕らは真剣に考え、話し合い、やがて結論をだした。一人が牛丼弁当を買いに走り、それにしょう油と七味を大量に振った。ご飯なら少し部屋にあるのだ。

僕らは牛丼をおかずに、ご飯を食べた。

最初は大発明をした気分だった。おれたちはやったぞ、と、してやったり感もあった。だがあまり満足感はなかった。だって、それはつまり、薄い牛丼なのだ。

興味のある人は、例えばカレーライスをおかずにご飯を食べてみるといいと思う。それはつまり、薄いカレーライスだ。

小学五年生の贅沢品

小学生のころ、ポケットの中の五十円玉をどうやって遣うかというのは、悩ましい問題だった。

大抵の場合、それは駄菓子店でいくつかのお菓子に変わった。十円で買える〝くろぼう〟という黒糖のお菓子や、〝子亀〟と呼ばれる小さなせんべいとか、〝帆船ガム〟という色付きのガムとか、くじの付いたものが人気だった。季節によってはアイスも人気だった。ヨーヨーが流行ったときは、ヨーヨーが当たるくじの付いたコーラばっかり飲んでいた。二十円のガチャガチャとか、ブルートレインシールとか、そういうものに変わることもあった。

だが僕らが五年生になるころ、そういうものとはちょっと異質のものが流行った。それは丸くて黄金色で、いつも熱々で、噛《かじ》るとカリっとして、嚙《か》むとじゅわーっとして、中身はほくほくしていた。

それを買うのに、小学校低学年や中学年ではまだ早い。小学校高学年が、ちょっと背伸びをして買う、という類のものだ。

コロッケ――。

小学校の真ん前の「とんかつはやま」という店では、コロッケが三十円で、ハムカツが四十円で、一口カツが五十円だった。揚げたてのそれは、魅惑の食べ物だった。こんなに美味しいものはない、と思っていた。ガチャガチャや駄菓子やブルートレインシールを凌駕《りょうが》する、最高の贅沢《ぜいたく》品だった。

五年生の僕らの間で、五十円玉で買えるそれが、熱く、静かに流行った。注文をおばちゃんに伝えると、その場でそれらを揚げてくれる。食べてく？　と聞かれて、はい、と答えると、小さく切った広告の紙に挟んで渡してくれる。思いだすと今でも、口の中によだれが出てくる。

実は、今から二年くらい前、その店に行ってみたことがあった。

四半世紀ぶりだったから少し不安だったのだけれど、店は全く同じ店構えのままそこにあった。おばちゃんも全くあのころのままで、歪曲《わいきょく》空間に迷いこんでしまったのかと思うくらいだった。

僕は、コロッケとハムカツを一つずつ頼んだ。フライヤーをたっぷりと満たす濃い色のラードで、それらは揚げられる。あのころよだれを堪《こら》えながら眺めていた、そのままの光景だ。

食べていきますか？　と聞かれ、はい、と答えた。おばちゃんは当たり前のことのように、コロッケを広告の紙に挟む。店を出た僕は、小学校の前で、それを囓る。

カリっ、じゅわー、ほくほく、ほくほく――。

こんなに美味《うま》いものはない！　と、四半世紀の時を超えて、僕は思った。本当にそう思った。

ビーカーコーヒー

夕方、一人で学食の近くを歩いていたら、久しぶりの友人に会った。

「おう、久しぶり」

工業化学科の研究室に入った友人は、白衣を着て歩いていた。

「めし食ったのか？」

ああ、と返事をしたら、おれも今食った、と彼は言う。中間発表が近いらしくて、彼は最近、研究室に泊まり込んでいるらしい。

「ちょっと寄ってけよ、コーヒーでも飲もうぜ」

「コーヒー？」

頷《うなず》いて、にやり、と笑う彼の後につづき、研究棟に向かった。今から、他に誰もいない工業化学科の研究室で、コーヒーを飲む。

コーヒー豆の種類は二百くらいあり、産地もさまざまだ。生豆の精製方法や、焙《ばい》煎《せん》の深さや、挽《ひ》き方、ドリップの方法にも、それぞれ何種類かある。だが、おおざっぱに言えば、コーヒーの種類は三つだ。

一つ目はわれわれ一般人が、家庭や職場で何らかの器具を使って淹《い》れるコーヒー。二つ目は喫茶店などで、プロが何らかの器具を使って淹れるコーヒー。そして三つ目は、理科室などで学校の先生がビーカーを使って淹れるコーヒーだ。

研究室に着いた彼は、ビーカーとアルコールランプを使ってコーヒーを淹れ始めた。テレビ番組などで見たことのある光景だけど、実際に見るのは初めてだ。

水は戸棚にあった蒸留水を使った。お湯を沸かす丸底フラスコも、コップとして使うビーカーも、完璧に殺菌されている。砂糖ならそこにショ糖（スクロース）があるから、と言われる。

憧れのビーカーコーヒー、というほど憧れていたわけではないが、愉快な気分だった。飲んでみると、うんうん、なるほど、という感じだ。きっと水とか砂糖にも、雑味のようなものがあるのだろう。蒸留水とショ糖のコーヒーは、なんとなく小数点以下を切り捨てたような味がする。

キムワイプという、紙くずの一切出ないティシュのようなもので、僕らはさっと口を拭いた。煙草《たばこ》吸うか、と彼は言う。

「吸ってもいいのか?」

「ああ、内緒だけどな」

研究室の片隅で、彼はいかなる有機溶剤の匂いをも消し去るという、巨大なドラフトチャンバーのスイッチを入れた。

カップ麺「ちょい足し」で美味くなった

食べ物の記憶には、味だけではなく、そのときの自分の年齢特有の感じ方や、時代の空気感みたいなものまで含まれている。

幼いころ初めて食べたホットドッグや、生まれて初めて食べたハンバーガー。部活が終わってから友人の家で食べたヤキソバや、初めて付き合った彼女と食べたピザ。初めて自分で作ったカレーや、研究室のアルコールランプであぶって食べたスルメ——。

美味しい！　というのは衝撃であり、喜びであり、感動でもある。それは、また食べたい、食べよう、という未来への指針になるのが普通だが、単に過去の思い出にしかならないものもある。シンプルに言うと、それは単に、いい思い出なのだ。

　ところで今、ＴＶで「ちょい足しクッキング」というのをやっている。冷やし中華に白ワインを少し足して、美味い美味い、などと騒いでいるのだが、本当なんだろうか。

　記憶……。記憶を探ってみると、僕にもちょい足しの思い出があった。あれは大学生の頃で、僕は友だちと一緒に車で海に来ていた。誰もいない海辺にテントを張って、何日かキャンプをしたときのことだ。

　完全に行き当たりばったりの旅だった。初日、夕方の海で泳いだあと、「おい、これからどうする？」と、誰かが言った。キャンプをしよう、とまた誰かが言った。だけどテントがなかった。

　一旦《いったん》、車で街のほうまで戻り、ホームセンターで、テントとカセットコンロと網と鍋と食料と酒を買った。戻ってきてテントを張った。それから食パンを食べて、酒を飲んで、寝てしまった。

　二日目は海に潜り、クラゲと闘いながら、せっせと岩ガキを拾った。大量の岩ガキをカセットコンロと網であぶって食べ、酒を飲んだ。かなりワイルドなことをした気になり、それなりに満足した。

三日目、飯を食って帰ろう、ということになった。誰もいない海辺に降りていって、カセットコンロで湯を沸かした。それでカップラーメンを食べるつもりだった。

「お前、何してんだよ！」

誰かがそこらにいたカニを鍋に放りこんだ。

「これでいいダシが出るよ」

そいつは半笑いで言った。

ホントかよ、と言いながら、湯をカップラーメンに注いでみた。食べてみたら確かにそれは美味しい。猛烈に美味しいじゃないか。

湯にその辺のカニ——。それが僕のちょい足しの思い出だ。

葉室麟の口福

葉室麟（はむろ　りん）
1951年福岡県生まれ。2005年「乾山晩愁」で歴史文学賞を受賞し作家デビュー。07年「銀漢の賦」で松本清張賞、12年『蜩ノ記』で直木賞受賞。著書に『柚子の花咲く』『この君なくば』『風花帖』『鬼神の如く　黒田叛臣伝』『風かおる』『草雲雀』『はだれ雪』『神剣人斬り彦斎』『辛夷の花』など。

土筆の卵とじ　伝えそびれた気持ち

『蜩《ひぐらし》ノ記』の作者から『キジバトの記』の著者上野晴子様へ。

以前、朝日新聞のエッセイで、学生のころ九州の筑豊《ちくほう》で炭坑労働者を追い続けた記録文学作家上野英信さんをお訪ねした際に〈土筆《つくし》の卵とじ〉を御馳走《ごちそう》になった話を書きました。しかし、自ら土筆を採ってくださった晴子さんへの感激を述べただけで、実際に料理を作ってくださった晴子さんのことを伝えきれていませんでした。英信さんの傍らには妻の晴子さんの笑顔が常にあったのです。

英信さんの没後、晴子さんは『キジバトの記』（裏山書房）を著されています。自らの道を突き進み、家庭ではわがままでもあった英信さんに晴子さんが苦労なさりながらも、毅然《きぜん》として自立した生き方をされたことがユーモアのある文章で描かれています。

晴子さんにとっての戦場は、英信さんを慕って全国から集まってくるひとたちをもてなす料理を作る台所でした。

英信さんが亡くなられて十年後、晴子さんは病を得て、福岡県内のホスピスで最期のときを迎えられました。その心境を、

「今はただ身も心も自然にまかせ目にみえぬ大いなる神の力を信じて新しい世界へ旅立とう」

と書いておられます。四月に息子の朱さんから手紙を頂きました。添えられた文章には英信さんの最期が記されていました。

「父は癌《がん》の宣告を受けたがそれまでと全く変わるところなく、自分がするべきことをひとつひとつ片付けてゆき、慫慂《しょうよう》として運命に従った。いや、従ったというよりも、待ち構えている死に向かって『いずれ行くのだから、じたばたせずにそこで待っておれ』と命じて、自分から歩み寄っていったという印象か」

『蜩ノ記』で十年と命を限られて生きる戸田秋谷に、わたしは英信さんの面影を見

ています。人生の終わりに臨んだ際のおふたりの姿に胸を打たれます。そして『キジバトの記』には晴子さんのこんな言葉があります。

「ホスピスに入院してあと幾ばくも保てないガン末期の身を養っている私が、今一番したいことはお料理である」

わたしは英信さんの思い遣《や》りに感動するばかりで、晴子さんへの感謝の言葉を言いそびれていました。〈土筆の卵とじ〉は大変、美味《おい》しかったです。あの味がいまもわたしを励ましてくれています。

本当にありがとうございました。

秋月のシシ鍋と人情の温かさ

食べ物での思い出の場所と言えば福岡県朝倉市の秋月《あきづき》だ。雅《みやび》な地名に惹《ひ》かれて幾度も秋月を訪れた。

春には満開の桜並木、秋には紅葉が楽しめる。沿道の店に入って名物の葛《くず》を食べた。白い葛餅を口に入れると、すっきりとした風味が口内に広がる。

葛を味わいつつ秋月が生んだ江戸時代の女性漢詩人、原采蘋《はらさいひん》を思った。

采蘋は漢詩の才能を表して諸国を遊歴した。しかも旅をする際は男装して帯刀までしていたという。

酒豪で頼山陽ら一流の文化人とも親しく交わった。艶聞《えんぶん》も多かったそうだから、女性としてのつややかさも持っていたのだろう。

采蘋は魅力的な女性だったに違いない。そう思って同地を舞台に書いた小説『秋月記』に采蘋を登場させた。

季節ごとに美しい秋月の道を歩けば、いつか采蘋と出会うことができそうな気がしていた。

今年（二〇一二年）の二月、地元テレビ局から「秋月で対談をしませんか」と声をかけられて応じた。

テレビ出演は苦手なのだが十年前まで、このテレビ局でラジオニュースの仕事をしており、旧知のデスクから依頼されて断れなかった。

秋月に赴いて女性アナウンサーとの対談を終え、帰ろうとした時、地元のひとたちが待っていると呼び止められた。

案内された公民館で目の前に出されたのはシシ鍋。

味噌《みそ》仕立ての出し汁に猪《いのしし》の肉と野菜がぐつぐつと煮えている。

地元の方たち二十数人の笑顔に迎えられた。

直木賞を受賞したお祝いをしてくださるのだという。

『秋月記』を書いたという縁だけなのに対談が終わるのを待っていてくださったのか、と思わず涙腺がゆるんだ。わずかな関わりを大切にして、遠来の親戚を招くように温かく歓待してくださる秋月のひとたちの心遣いに、心が解きほぐされていった。

シシ鍋の会にともに誘われた女性アナウンサーと遠慮なく御馳走になった。

秋月は風景もひとの心も美しい、と感じ入っていた時、

「秋月はいいところですね」

とささやく声を聞いた。

采蘋の声だ。采蘋も祝いに来てくれた。そんな気がした。

振り向けば女性アナウンサーの笑顔があった。わたしはうなずきながら猪肉を口にした。

温かいシシ鍋に幸せを感じていた。

建築家の夢、香るあごだしスープ

近頃、〈あごだしスープ〉が好きになった。長崎五島の特産品で、〈あご〉は飛魚《とびうお》の別称だ。〈あご〉をだしにしたスープは、うどんや鍋に合う。

今年の四月、長崎五島に二泊三日の旅をした。BSテレビ番組でナビゲーターを務めるためだ。この旅で特に見たかったのは五島列島の教会だ。

江戸時代、隠れキリシタンが多く住んだ島々には明治になって赤煉瓦《あかれんが》の教会が建てられた。

豊臣秀吉の軍師でキリシタンでもあった黒田如水が主人公の『風渡る』を書いてから、キリシタンの雰囲気を知りたくなり、五島の教会を訪ねようと思っていた。

五島の教会建築を考えるとき、興味深い人物がいる。

建築家鉄川与助だ。五島の大工の家に生まれた与助は、フランス人神父に学び、努力を重ねて教会建築の技術を習得した。

明治四十（一九〇七）年に、冷水《ひやみず》天主堂を建てたのを始め生涯に三十棟の教会を建てている。

ヨーロッパに行ったことがない日本人建築家が独学でこれだけの教会を建築したのは驚異だ。しかも、どの教会も荘厳な美しさがある。旅に出る前に与助に関する資料を読んでいて目をみはった。

与助が建てた教会は長崎五島に点在するが、福岡県三井《みい》郡大刀洗《たちあらいまち》町にも一棟ある。与助の建築の中でも最高傑作とされる今村教会だ。三十年前、福岡県の地方紙記者だったわたしは地元に赤煉瓦造りの教会があると聞いて出かけ、写真を撮った。ふたつの尖塔《せんとう》を持つ教会の印象は鮮烈でその後も何度か訪れた。これが今村教会だった。わたしは若い頃から与助の建築作品に惹かれていたのだ。

五島では与助の孫にあたる一級建築士の鉄川進さんに与助が建てた教会を案内していただいた。

真っ青な海を船で島に渡り、砂浜の向こうにそびえる赤煉瓦の教会が青空を背景に見えた時、青春の思い出に出会えたような懐かしさを感じた。

取材を終えて港に戻り、船を待つ間、待合室で進さんに「おいしいですよ」とお土産に勧められたのが〈あごだしスープ〉だった。

与助はフランス人神父に師事し、尊敬の念を抱くが、生涯、受洗はしなかった。何もかも施主に合わせはしないという建築家の矜持《きょうじ》だったのではないか。

与助が建てた教会は、西洋文化を受け入れながらも自分を見失わなかった与助の生き方を象徴しているのかもしれない。

潮の香りがする〈あごだしスープ〉を味わうと、鉄川与助に思いを馳《は》せてしまう。

たらおさは詩人の慟哭の味わい

大分県日田市に〈たらおさ〉という名物がある。見た目は、巨大なブラシのようでちょっとグロテスクだ。〈たらおさ〉は、「鱈《たら》の胃」という意味。干した鱈のエラと腸を煮つけたものだ。

二〇一二年八月に日田市で広瀬旭荘《きよくそう》没後百五十年記念の講演会が行われた。東大大学院教授のロバート・キャンベルさんによる漢詩人広瀬旭荘についての講演の後、キャンベルさんと井上敏幸佐賀大学名誉教授、旭荘の兄である広瀬淡窓《たんそう》が主人公の小説『霖雨《りんう》』を書いたわたしも加わって鼎談《ていだん》した。

講演が始まる前、控室で主催する日田市の関係者と談笑していたおり、「〈たらおさ〉を食べましたか」とキャンベルさんへの質問があった。県外からのひとは見た目で敬遠する。外国の方は苦手ではないかと心配したのだ。キャンベルさんは、にこりとして、「食べました」と答えた。以前、調査研究に日田を訪れており、よくご存じだった。地元の方たちはほっとした様子だった。わたしもキャンベルさんが日田の名物を味わってくれたことが嬉しかった。

この日、キャンベルさんは、「詩人広瀬旭荘の〈絆〉」と題して話をされた。旭荘は、日田で私塾咸宜園《かんぎえん》を開いた教育者で漢詩人としても名を馳せた淡窓の末弟にあたる。

詩才にすぐれ、清代末期の儒者兪樾《ゆえつ》は旭荘を、

――東国詩人の冠

と評した。淡窓が柔和であるのに比べ、旭荘は剛直のひとという印象がある。妻に手をあげることもあった激しい性格だ。しかし、妻が病に倒れ、亡くなるまで看病しつつ妻の苦痛を思って四十日余り泣き続け、亡くなったおりには、ひと目もはばからず、

――昼夜痛哭《つうこく》悲泣

した。妻に対する思いは友人たちを驚かせたという。講演を聞きつつ、わたしは旭荘の「春雨筆庵《ひつあん》到」という詩を思い出した。

菘圃葱畦路《しゅうほそうけいみち》を取ること斜めなり
桃　尤《もっとも》多き処是れ君が家
晩来何者か門を敲《たた》いて至るや
雨と詩人と落花と

菜の畑を過ぎ葱《ねぎ》の畦道《あぜみち》を通り、桃の花が多く咲くところが君の家だ。夜に何者かが門をたたく。誰かと思えば、訪れたのは、雨と詩人と落花である、という詩だ。旭荘は見かけの剛毅さと裏腹の詩人らしいやさしさを持っていた。見た目が異様な〈たらおさ〉は甘く味付けされ、かめばかむほど旨《うま》みが増す。愛妻を思って慟哭《どうこく》する旭荘の情に似た味わいかもしれない。

平野啓一郎の口福

平野啓一郎（ひらの　けいいちろう）
1975年愛知県生まれ。98年「新潮」に投稿した『日蝕』でデビューし、99年同作で芥川賞受賞。2009年『決壊』で芸術選奨文部科学大臣新人賞、『ドーン』でBunkamuraドゥマゴ文学賞受賞。著書に、『葬送』『顔のない裸体たち』『かたちだけの愛』『私とは何か　「個人」から「分人」へ』『空白を満たしなさい』『透明な迷宮』『マチネの終わりに』など。

私の「肉観」は変わった

このところ、日本の「モノ作り」に対する自信喪失の嘆き節をよく耳にするが、私が最近、大丈夫かなと思っているのは、肉である。

神戸牛のようなブランド牛のウマさは、世界的に認知されていて、あの霜降り肉のクオリティは、確かにちょっとすごいレヴェルだ。私も好きだし、多くの日本人は、made in Japan の高品質を信じて疑わない。

ところが、ニューヨークで、《ピーター・ルーガー》という老舗のステーキ屋から独立した《ウルフギャング》という店を訪れてから、私の認識は一変した。

注文したのは、骨付きのスペアリブのステーキ。その両面がこんがりと焼かれて、中が真っ赤な肉を一口食べた瞬間、私は、同行した日本人と思わず顔を見合わせてしまった。

何なんだ、この美味《うま》さは⁉

それは、私が嘗《かつ》て経験したことのない豊潤な肉の味で、しかも、赤身なのにふんわりとしてやわらかかった。アメリカのステーキと言えば、巨大なだけで味は大雑把、歯ごたえも悪いというステレオ・タイプな偏見があるが、私は日本のどんな高級ステーキも、これに負けてると感じた。

かなり長い間、私はそのステーキの味が忘れられなかった。あれは一体何だったのか？　そして、ようやく最近になって、その正体がわかった。それが、今アメリカで流行っている「熟成肉」である。

熟成肉とは、草で育てられた脂身の少ない牛肉を、低温の乾燥状態で、三～八週間も（！）寝かせて作られたもので、時間を掛けて肉のタンパク質がアミノ酸に分解されるので、味が良くなり、やわらかくなるのだという。当然、失敗すると腐るので高度な技術が求められることになる。

最近、人間の食事でも炭水化物の摂《と》り過ぎと肥満との関係がよく語られるが、霜降りの和牛も、基本的には穀物によってあんなにサシが入っている。そして、そのせいで熟成肉にするには、どうも不向きであるらしい。

日本でも少しずつ広まりつつあるが、そもそも冷蔵庫なんか無かった時代から肉を食べ続けている西洋人は、やっぱり、ステーキというものの本質を知っているというのが私の印象である。

気がつけば、旧来のサシがたっぷり入った新鮮な和牛は、時代遅れになっているかもしれない。熟成肉には、そう感じさせるほどの、見過ごせないインパクトがある。

※注　本稿が書かれたのは、二〇一二年である。そして、その後の日本での「熟成肉ブーム」は、ご承知の通りである。健康志向も相俟《あいま》って、赤みでやわらかく、しかも、おいしいとなれば、宜《むべ》なるかなである。
今回、書籍化に当たって、内容を現在形に改めることを考えたが、私の「予言」も満更ではなかったという思いで、そのままの形に留め、注を付すことにした。

パリのラーメンは、なぜか懐かしい

パリのオペラ座近くにあるサン・タンヌ通りは日本街である。特にレストランが充実していて、私もよく行く店が一、二軒ある。

レストランと言っても、寿司《すし》屋や天ぷら屋といった高級な類ではなく、ラーメン屋だの、お弁当屋だの、普段ちょっと食べに行くような店が多く、パリ在住の日本人や、日本人観光客でいつも賑《にぎ》わっている。

ところが、最近は、日本食ブームが更に裾野を広げて、ラーメン好きのフランス人も増えたようで、今年（二〇一二年）、パリに行った際にそのサン・タンヌ通りを歩いてみると、行列を作っているのはフランス人ばかりだった。中を覗《のぞ》くと、皆、平然と割り箸で食べている。

来々軒という、パリの日本人なら誰でも知っている店がある。

名前からしてそのものズバリという感じだが、ここは、ラーメンや餃子《ギョーザ》、唐揚げ、チャーハンなどのセットメニューがある、日本のどこの町にもあるような中華料理屋である。

ここもまた、今やフランス人に占拠されている。

日本食じゃないじゃないかと思われるかもしれないが、味はまったく日本的で、軒先にも〝ホッとします　日本の味〟と書かれている。私も足繁く通って、この原稿を書いていても、メニューを思い出してお腹《なか》が空《す》いてくるが、味はと言うと、これがまた、何とも言えずウマい。

ラーメンは、至ってシンプルな鶏ガラスープで、麺《めん》はやや太め。〝ほっとする〟理由はここにもあって、個性を競い合うあまり、最早、何が何だか分からなくなっている昨今の日本のラーメンとは違い、これこそラーメン、ザ・ラーメンという懐かしい味である。

母国を離れた文化の方が、却《かえ》ってその純粋性を保持し続けるというのは、しばしば見受けられる逆説的な現象だが、この来々軒のラーメンもまた、その一例だろう。

　奇妙な話だが、私は九州の育ちなので、実はラーメンと言えば豚骨スープである。子供の頃は、ほとんどそれ以外食べたことがなかったし、京大に入学して、学食に豚骨ラーメンがなかったことには、誇張なしにショックを受けた。だから、鶏ガラスープには、さして思い入れもない。にも拘《かかわ》らず、私は、来々軒でラーメンを啜《すす》っていると、懐かしくて仕方がなかった。恐らく、味噌《みそ》ラーメンを食べたとしても、同じだっただろう。

　懐かしいというのは、一体、何なのだろう？　そんなに鶏ガラスープのラーメンを有り難がっていながら、帰国後、私は一度もそれを食べていない。

「ウマい」という感覚の遅さ

私の知人のオーディオ・マニアは、一千万円以上の超高級システムで音楽を聴いている。

私も勿論《もちろん》、音楽はいい音で聴きたいが、レコード・プレーヤーのトーンアーム（針をレコードの溝に乗せるあの腕の部分）だけで、十万円以上もする（！）と言われると、それにどれほどの効果があるのかと、つい笑ってしまう。しかし、マニアにとってはおかしくも何ともない話で、「全然違いますよ」と平然と反論される。

それでも半信半疑の私に、その知人はこんな話をしてくれた。

実のところ、百万円のシステムを、気張って二百万円にしても、二倍音が良くなったと感じられるわけではない。金を注ぎ込んだ分、音が良くなっていなければ困るから、願望込みで聴くのだが、そうすると確かに良くなったような気がしないでもない。

しかし、その二百万円のシステムの音に慣れて、百万円のシステムに戻ってみると、違いは歴然としている。

人は、質が上がった時には意外とわからない。しかし、下がった時には瞬時にわかる、と。

私は、この話に納得して、ふと、食もそうじゃないかと思った。

子供の頃は、私も当たり前に実家の家庭料理を食べていて、時には外食もしていたが、その頃のウマい、マズいという感覚は、料理というより素材の好き嫌いだった。

大学に入って、独り暮らしを始めるや私の食生活は荒れたが、幸いにして、インスタント食品だろうと、友人の家で一人百円の材料費で作る大量のお好み焼きだろうと、マズくて口に合わないなどという贅沢《ぜいたく》な経験はなかった。

その後、仕事をし始めて、私もそれなりに高い店で、懐石料理を食べたり、シャンパンを飲んだりするようになったが、その良さが、最初はあまりよくわからなかった。

確かにウマいことはウマい。しかし、そんなに大騒ぎするほどのことなのだろうかと思っていた。

ところが、この歳になって、学生時代によく行った安い居酒屋なんかに入ると、それをもう、ウマいとは感じられなくなっている自分に気がつく。昔の大好物を懐かしがって食べてみても、首を傾《かし》げるばかりである。

舌が肥える、という慣用句のイメージは、ウマいという感覚の、この遷さと合致している。これは質だけではなく、趣味の変化にも言えるだろう。歳を取るにつれ、段々とあっさりとした料理をウマいと感じ始める。そして、ある日、久しぶりに脂っこい料理を食べると、瞬時にマズいと思うものである。

昼食は、ほとんど毎日カプレーゼ

カプレーゼとは、イタリア料理の定番の前菜で、水牛のモッツァレラチーズにトマト、バジルというシンプルなサラダである。

味付けは、塩とオリーブオイルだけで十分だが、バルサミコ酢を垂らしても美味《おい》しい。

私はこれが大好物で、この五年間、昼食はほぼ毎日これである。もちろん、外食したり、たまには別のものを食べたりもするが、年間、間違いなく二百日以上は食べている。五年間だから、千回は食べていることになる。

こうなると、もう、好物とか何とか言うより、主食である。これに加えて、千切りキャベツのサラダだとか、アボカドだとか、他の野菜を食べることもあるが、それらは特に決まっていない。言わば、おかずである。

どうしてそんなに毎日、飽きもせずに同じものを食べられるのかと、妻などは呆《あき》れ返っている。が、作るのは私で、手間いらずだし、別に体に悪い料理でもないので、そっとされている。

何がきっかけだったのか、今では最早思い出せないが、昼食に炭水化物をドカ食いするのを止めたのは、一つのきっかけだった。

ダイエットはそれなりに色々試してみたが、結局、私に一番効果的だったのは、炭水化物の量を減らす、という方法だった。まったく食べないというのは無理なので、一膳食べていたご飯を半分にするとか、せいぜい、その程度である。ラーメンやパスタなどは、滅多《めった》に食べなくなった。

ダイエットのためだけでなく、炭水化物を取りすぎると、血糖値が上がるせいか、眠たくなって仕事の効率が落ちる。文章にもキレがなくなる気がする。

モッツァレラチーズを本当にウマいと思ったのは、ローマで、塩野七生さんに連れて行っていただいたレストランで食した時で、あれを超えるものを、私は未だに食べたことがない。水牛のミルクから作るだけに、日本で食べられるのは空輸されたものか、普通の牛のミルクで代用した国産のもので、鮮度が命だけに、イタリアで食べるものにはとても敵《かな》わない。

日本でも、たまに一個二千円くらいで、「空輸したて!」というのが売っているが、私は大体、一日に半分食べるので、そんなにエンゲル係数を上げるわけにもいかず、時々しか買わない。

お陰で、トマトにもうるさくなったが、冬になると、その肝心のトマトがマズくなり、しかも、カプレーゼ自体も冷たい食べ物なので、他の料理をトライしてみるのだが、結局また、元に戻っている。今日の昼も、当然そうだった。

平松洋子の口福

平松洋子（ひらまつ　ようこ）

１９５８年岡山県生まれ。２００６年『買えない味』でＢｕｎｋａｍｕｒａドゥマゴ文学賞、12年『野蛮な読書』で講談社エッセイ賞受賞。著書に『おとなの味』『ステーキを下町で』『本の花』『ひとりで飲む。ふたりで食べる』『今日はぶどうパン』『味なメニュー』『食べる私』『彼女の家出』など多数。

四角いおむすび、いかがです

「おむすびは、何も三角と決まっているわけじゃない」

友だちが言うので、そうね、俵もあるものね、と応じた。

いま私がつくるおむすびは三角だけれど、むかし母がこしらえてくれたおむすびはいつも俵だった。お弁当のふたを開けると、左半分に小ぶりの白い俵が一列に整然と並んで詰められており、一個ずつ、くるりと巻いた海苔《のり》は黒い太帯のよう。最初の一個に手をつけると、そこにぽっかり空洞ができるのがもったいなかった。いまだに私は、母がむすぶ俵の美しさに敵《かな》わない。

さて、話の続きである。訊いてみると、彼女のおむすびは三角でも俵でもないらしい。へえどんなの、と問うと、こともなげに言う。

「四角。忙しい朝、お弁当をつくるときはこれが便利なの」

つくり方はこう——全形の焼海苔一枚を半分に切り、その二分の一の面積にごはんを四角く広げ、具はなんでもいい、昆布の佃煮《つくだに》、鮭《さけ》のほぐし身、おかか、好きなものをまんべんなく置く。そこへさらにごはんをのせてから、残りの海苔をぱったんと被《かぶ》せて閉じる。

ごはんのサンドウィッチみたいだねと感想を洩《も》らすと、ううん違う、ラップで包んだら、ふわっと抑えるようにして全体を馴染《なじ》ませるから、やっぱりおむすびなのよ。

ぱっと頭が冴《さ》えるようだった。四角むすびの斬新さに興味をそそられ、翌朝、私もさっそく。拍子抜けするほど手軽で、おおいに納得したのは形が崩れないところ。ラップした黒い四角を縦にしてバッグのなかに滑りこませると、さながら厚手の黒い文庫本。彼女いわく「電車が混んでいるときは、適当に押されておいしくなる」。しかも、数種類の具を配分すれば、おむすび一個でそれなりの献立が成立するというのも愉快ではありませんか。

四角むすびの味は、とても新しかった。ごはんの幅の薄さが海苔と具を引き立て、三角や俵より、食べ心地がさらっと軽い。具を鮭のほぐし身とたらこにしてみたら、新式の海鮮丼みたいでまた笑えた。手抜きでもずぼらでもない。これは発想の転換のおいしさ。

話のついでに確認してみた。急いでいないとき、あなたのおむすびはどういうの？　えへんという顔になって、彼女は断じた。

「丸、三角、俵、お手のもの」

そうか、おむすび名人だったのか。教わった四角むすびの味がいっそう跳ね上がった。

ひじき甘いか、しょっぱいか

テーブルについた瞬間、岐路に立たされたのは、インドのニューデリーで知り合ったリキシャ運転手の家だった。

歓待のしるしに彼の妻がつくってくれたのは、ヨーグルトに水道の生水をくわえた自家製のラッシ。旅の道中ずっと、生水だけは用心深く避けてきた私は、ひるんだ。しかし、家族いっせいにお客の一挙手一投足を注視しているのだから、後には退けない。このラッシが旅の終止符になってもいいと腹を括《くく》って、ごくりと飲んだ。自分で飲んだ責任は、自分で持てばそれですむのだから。

とはいえ、相手が子どもなら、そうはいかない。私にとって、料理をつくることにはじめてリアルな恐怖心を抱いたのは、子どもを持ったときだった。

ある日、怖れの感情は前触れもなくやってきた。朝ごはん、昼ごはん、おやつ、晩ごはん、お弁当……自分があたえる食べ物にひとりの人間の成長のすべてが委ねられている。その当たり前の事実に気づかされて身震いがしたのである。ソコマデカンガエテイナカッタ。

とはいえ、働きながらの子育ては時間勝負の綱渡り。疲れていようが泣きたかろうが、四の五の言わず手を動かし、身体を使わなければ日常は滞るだけだった。腹が空けば、子はぴよぴよと泣く。親になった恐怖心は、責任と自覚に変換し、ふくらませてゆくほかなかった。それが、なし崩しの結果だったとしても。

あのころ、料理をすることが楽しかったかと訊かれれば、ただ必死でしたと答える。余裕も自信も沽券《こけん》も、ないないない尽くしの二十代後半。失敗しなければ前に進めなかった私のことを振り返って、いま八十を超えた母は「あなたは、黙って見ているほかない娘だった」と言う。

とはいえ、やみくもな台所仕事の実践は、未知の楽しさを運んできたこともほんとうだった。いま真っ先に思い出すのは、例えばひじきの煮物である。週のはじめ、鍋いっぱい煮ておけば、なけなしの知恵が発動した。ひじき入り卵焼き、ひじきサラダ、和風スパゲッティ、ひじきの混ぜごはん……たった一品が、朝に夕に新たな展開をみせる小気味よさ。家族を持ってはじめて覚えた台所仕事の達成感だった。

あの頃のみょうな勢いがなつかしい。ひじきを煮ているときなど、鍋のなかに自分の若さが思いだされることがあり、ちょっとしょっぱい。すこし残して、久しぶりにあの卵焼きをつくってみたくなったりする。

ハッシュドポテトの来歴

手持ちの料理の来歴は人生の航路に似ている。ハッシュドポテトは、私にとって縁の不思議を運んでくる料理のひとつだ。

とはいえ、作り方はとても簡単である。ゆでたじゃがいもを潰し、ほぐしたコーンビーフを混ぜて円盤型にまとめ、バターを溶かしたフライパンで両面を焼く。味つけも塩、こしょうだけ。途中、フライ返しで周囲をとんとん抑え、厚みを持たせて焼き上げると、まるでじゃがいものパンケーキ。コーンビーフの塩気が洒落《しゃれ》ていて、レパートリーという言葉もまぶしい二十歳の頃、作るのも食べるのもやみつきになった。以来、何百回となく作り続けてきたのである。

それから何十年も経ったころ、唐突に疑問が湧いた。このハッシュドポテトという料理を、私はいつ、どこで覚えたのだろう?

直感だけを頼りに、本棚の奥から一冊の古い本を引っ張り出した。気が急《せ》いてページをめくる指がもつれ、しかし、朧《おぼろげ》気な勘はしだいに確信に変わっていった。

あった、やっぱりあった。二段組の文章が延々続き、終わり頃に「赤毛布ハッシュ」。ニューイングランドに昔から伝わるお料理です、と但《ただ》し書きがある。材料を読むと、玉ねぎやビーツのみじん切りも並んでいる(ビーツが赤いから赤毛布!)が、これは省略しようと自分で勝手に決めた記憶まで戻ってきたから、また奇妙である。

その本の名前は『ポテト・ブック』(一九七六年、ブックマン社刊　マーナ・デイヴィス著　伊丹十三訳)。私はぶるりと身震いした。やっぱりここでも伊丹さんなのか。数多くの料理の要諦を、私は伊丹十三の文章から教わったが、縁はそれだけでは終わらなかった。

伊丹十三の父、映画監督伊丹万作は昭和十年代前半、病気療養のため出身地松山へいったん戻る。そのときしばらく逗留《とうりゅう》したのが、今も松山和泉にある私の連れ合いの実家である。さらには、テレビ局に入社した彼が昭和四十五年、初めて演出したドラマ（向田邦子脚本）の出演者に伊丹十三がいた。その後も密に続いた「伊丹さん」との仕事について、私はたくさんの話を身近に聞くことになった。つまり、十代から読み親しんできた著者が、思いもかけず、あるとき血肉をともなった人物として目前に立ち現れた――。不思議な縁としかいいようがない。

とはいえ、そんな来歴を含みつつ、ハッシュドポテトは手軽でおいしくて、一生飽きることのない、大事な手持ちの料理である。ニューイングランドもびっくりしていると思う。

素っぴん茶碗蒸し

真冬の朝、台所に立ってさっそく、卵を二個割って溶く。菜箸を静かに動かし、泡立たないよう気をつけながら。

茶碗《ちゃわん》蒸しである。朝の冷えこみがきつくなるにつれ、いつものゆで卵ではなく、さあ茶碗蒸しだという気持ちが湧いてくる。ただし、ごく手軽な〝中身なし〟。溶いた卵液にだし（卵一個につき四分の三カップ。水で間に合わせることだってある）と塩を加え、手近な茶碗に入れて十二、三分蒸すだけの素っぴん。

湯気の味なのだ。白い湯気のなかから熱のかたまりとなって姿を現すところからして、寒い朝には最強。ひとひらひとひら、つるんと喉《のど》を滑り落ち、胃の腑《ふ》に溜《た》まって身体が温《ぬく》もる。

　そもそも茶碗蒸しは昭和三、四十年代、子どもの頃のご馳走《ちそう》だった。茶碗蒸しのときだけ登場する蓋《ふた》つきの器はいかにも特別だったし、蒸し器の蓋にかませた布巾の四隅をてっぺんで縛り、強引な頬っ被りになっている様子は何度見ても可笑《おか》しかった。すくい上げた卵のなめらかさは魔法みたいで、銀杏《ぎんなん》、しいたけ、鶏肉、かまぼこ、ちまちまと現れるのも思わせぶり。大人になって初めて自分でつくったときの感動は、言葉にならないほどだった。

　それだけに、ボタンを掛け違えると厄介な存在にもなるようだ。「最初に失敗して以来、茶碗蒸しをずっと避けてきた」と言う知人がこぼす。

「茶碗蒸しは、ああ見えて意外にひとに厳しい」

　結婚したての頃、ツマっぽい料理を早くつくりたくて、蒸し器まで買い揃《そろ》えて茶碗蒸しに挑戦した。ところが、火の加減が強すぎて、全面すだらけ。ひと目でわかる失敗作が悔しく、こっそり捨ててしまったのだと言う。念のため訊いてみると、以来、器は行方不明らしい。

　わかる気がする。相手は茶碗蒸しだけれど、何にせよ一度萎《しぼ》んでしまった気持ちをふたたびふくらませるのは存外難しい。そっとしておけばいいものを、つい世話を焼きたくなって私の素っぴん版を話してみた。すると、彼女は目を輝かせ、今度こそ優しくしてもらえるかなとつぶやくのだった。

素っぴんだから、頼りは卵の優しさだけ。生まれたての無垢《むく》な味わいで、なかなか何も出てこないところが、逆に気楽だ。蒸している途中、蒸し器に両手をかざして暖を取ったりもする。しだいに温もってゆく台所の時間も、食べる前からうれしい。匙《さじ》ですくって舌に乗せると、ふんわりふるふる、冬の湯気の味がする。

私の「必殺するめ固め」

アセチレン灯に照らし出されたするめは、怪しく光っていた。

バンコクの裏通りに軒を連ねる屋台の一軒、洗濯バサミで紐《ひも》に吊《つ》り下げられたするめが肩を並べて、万国旗のようにぱたぱた揺れている。思わず笑いを誘われる光景だったが、次の展開がいっそう可笑しい。店のおばさんがするめをはずし、荷台に据えた鋳物の輪っかの下をくぐらせると、ふたたび現れたそれは、へなへな。さっきまでの剛直な姿が一転、気の毒なまでの腰抜け状態だ。鋳物の輪っかに無数の切れ目を入れるカッターがついており、するめを一瞬で柔らかく加工する道具らしかったが、使用前使用後のあまりにも劇的な変化を目の当たりにして、しばらく屋台の前から動けなかった。

するめには、ずっと翻弄《ほんろう》されてきた。焙《あぶ》ったするめは祖父の好物で、祖父母と同居していた数年のあいだ、居間の火鉢でするめを焙る役目だったが（面白いから、せがんでやらせてもらっていた）、これが難儀だった。うっかり目を離すと、くるんと丸まって凝固する。つげ義春のいう「必殺するめ固め」である。あの固まりようは天下無敵で、いったん丸まり始めると、もう誰にも止められない。泣く泣く、こんなになったと差し出すと、祖父は哀《かな》しげに受けとり、目を寄せながら指先を使って気長に裂き始めた。ぎゃくに「必殺するめ固め」を防衛して両面をふっくら焙れれば、いっぱしの気分になって鼻がふくらんだ。

いま、似たような気分を味わうのは、するめを水に放りこむときだ。適当に細く裂いたするめを小鍋に張った水に入れ、ひと晩浸し、翌日そのまま火にかける。するめでだしを取るのである。するめのだしは、煮干しにも昆布にもかつおにもない、ほんのりとしたコシのあるうまみ。正体があるようで、ないようで、上品なところもあって、でも嘘《うそ》臭いような怪しいような、なぜか香具師《やし》の口上など思い出してしまう。もうひと押し、うまみに輪郭を与えるために干しえびなどぱらぱらと足して、こくを補強することもある。

　熱い汁のなかからしんなりと柔らかくなったするめを箸でつまみ上げ、ゆっくり嚙みしめるとき、静かに快哉《かいさい》を叫ぶ。だしを放出してなお、まだまだその先の味を温存させるしぶとさを、こうして味わい尽くしている充足感。するめを粗みじんに切り、白菜といっしょに煮たり、浅漬けに入れたりもするのだが、不思議にあとを引く微妙なおいしさに毎度にんまりしてしまう。私の「必殺するめ固め」でありま す。

穂村弘の口福

穂村弘（ほむら　ひろし）
1962年北海道生まれ。歌人。2008年『短歌の友人』で伊藤整文学賞、連作「楽しい一日」で短歌研究賞を受賞。歌集に『シンジケート』『ドライ　ドライ　アイス』『手紙魔まみ、夏の引越し（ウサギ連れ）』など。著書に『世界音痴』『にょっ記』シリーズ（フジモトマサル・絵）、『絶叫委員会』『君がいない夜のごはん』『蚊がいる』『恋人たち』（宇野亞喜良・絵）、『ぼくの短歌ノート』『たましいのふたりごと』（川上未映子との共著）、『短歌ください　君の抜け殻篇』『鳥肌が』など。

カレーの歌

私はふだん新聞や雑誌で短歌投稿欄の選者をしている。そこに送られてくるたくさんの短歌を眺めていると、いろいろと気がつくことがある。

例えば、旅の歌や孫の歌はたいていあんまり面白くない。読者よりも先に作者の方が感動してしまっているからだ。いちばん面白いのは飲み物や食べ物の歌である。誰にとっても毎日のことでありながら、嗜好《しこう》や体験が一人一人異なっている。「あるある」と「えっ、ほんとに？」という両面の魅力を味わえるのだ。

その中から、今回はカレーの歌を紹介してみたい。一度も食べたことがない日本人は、ほとんどいないんじゃないかなあ。

一家族が夕餉カレーとしたために団地を包むカレーの香り　村田一広

「カレー」という食べ物の存在感がその「香り」によって示されている。この歌からは、なんだか幸福な懐かしさを感じた。私が子供の頃は、日曜の夜はカレーに決まっている（それもお父さんが作るカレーとか）なんて家庭がけっこうあった気がするけど、今はそうでもないんだろうか。

病院で今のうちにと渡される君の得意なカレーのレシピ　ごうさん

「カレー」には、それぞれの家庭に特有の味がある。「今のうちに」に、はっとさせられた。「レシピ」の伝授が、自分の入院中に食べたくなった時のために、というならいいけど、もしや、「君」は自分に万が一のことがあった時のために、と考えているんじゃないか。そんな「君」を支えるためにも〈私〉はしっかり食べて元気を出さなくてはいけない。唯一無二の「君」の「カレー」を。

食堂のショーウインドウのサンプルのカレーの横の水は本物　清水良郎

不思議な歌。よくそんなことに気づいて、しかも、わざわざ短歌にしようと思ったものだ。確かに、「水」の「サンプル」は見たことがない。というか、そもそも「水」は「ショーウインドウ」に飾らなくてもいいんじゃないか。なのに、ちゃんと置かれているのは、乾燥防止用？　いや、その横にあったのが「カレー」だからかも。お店の人が、やっぱりこれには「水」が要るよなあ、と思ったのだ。

カップラーメンの歌

短歌を読んでいると、その中によく出てくる食べ物とほとんど出てこない食べ物があることに気づく。しばしば出てくるのは、前回紹介したカレー、それからラーメンやおにぎりなどである。一方、まず出てこないのは、フランス料理のフルコースとか銀座の有名店のお鮨《すし》などだ。

その理由はなんとなく想像がつく。高級なフランス料理やお鮨を食べた時の感想は、要するに「おいしかった」「高かった」に尽きてしまうのだ。また「銀座でお鮨を食べておいしかった」という短歌を作っても、読者の共感を誘うことはできそうもない。食べ物に限らず、高級で素晴らしくて隙のないものは短歌の素材になりにくい。

そんなわけで、フランス料理よりラーメン、お鮨よりおにぎりになるのだが、その延長線上に、さらに面白い歌の素材がある。カップラーメンだ。この不思議な食べ物は、それ自体にも、また食べている〈私〉にも、つっこみどころが満載なのである。具体例を見てみよう。

海老らしき物体やはり海老らしいカップ麺には四匹と半　　岩間啓二

干涸《ひから》びた「海老らしき物体」は何なのか、四角い肉らしき物体は何なのか、よくわからない。というのがカップラーメンの醍醐味《だいごみ》の一つ。現代を生きる〈私〉たちは、奇妙に加工されたそれらの具に自分自身の姿を投影してしまうのかもしれない。「四匹と半」の「半」がいい。そこに命への思いがこめられている。

魂の風化を待っているような目で待っているカップラーメン　　のりさん

うーん、と思う。荒涼たる抒情《じょじょう》とでもいうべきだろうか。カップラーメンは手軽でおいしい。だが、その半面、食べれば食べるほど自分が駄目になっていくような気がする、という怖《おそ》ろしい特性がある。引用歌は、その感覚を「魂の風化」という言葉で表現したところが凄《すご》い。

滾る湯を注ぎて待てり三分間　われの愛した人らを想ふ　　松繁寿信

どこにもカップラーメンとは書かれていないところがいい。書かなくてもそうであることは疑えない。日常の中で、「三分間」をこれほどはっきりと意識することはない。前の作者が「魂の風化」と呼んだ時間を、この作者はなんと「愛」の時間に変えてしまった。三分経ってカップラーメンができたら、「愛」の時間も終了だ。

牛乳の歌

今回は、牛乳の出てくる短歌を集めてみた。卵と並ぶ常備食品だけに、さまざまな捉え方があって面白い。子供の頃、牛乳瓶の蓋《ふた》を集めていたことを思い出した。近頃では、どこかの家の玄関先に、配達された牛乳を入れる箱を発見すると、おっと思う。懐かしいなあ。

寝坊した朝に冷たいまま飲んだ牛乳がおいしかった　春だ　　古屋賢一

その「朝」は「寝坊」したために時間がなかったのだろう。本当は温めたいんだけど、と思いながら冷蔵庫から出した「牛乳」をそのまま飲んだ。ところが、それが「おいしかった」のである。昨日までは冷たすぎるように思えたのに。最後の「春だ」に、はっとさせられた。小さなおいしさが大きな季節の発見に繫《つな》がっている。

何頭の牛からの乳交じれるや飲まむと温めつつ思ひをり　　丹羽利一

あ、そうか、と思わされる。アニメの「アルプスの少女ハイジ」では、山羊《やぎ》のおなかの下に潜り込んでじかにお乳を飲んでいる場面があった。当然、一頭の乳である。でも、我々が普段飲んでいる牛乳はそうじゃなかったんだ。私は製品化された命の姿に慣れ過ぎているようだ。

紙パックに口つけて飲む牛乳が荒涼としてうまい真夜中　　のりさん

なんとも現代的で倒錯したうまさの感覚がある。禁断の味というか、でも、「アルプスの少女ハイジ」にはわからないだろうなあ。

少しでも新鮮な牛乳買いたくて奥へ奥へと伸びていく腕　武内美穂

スーパーマーケットの歌か。「新鮮な牛乳」とは、つまり製造年月日が新しいということだろう。それは売り場の「奥」に置かれている。「伸びていく腕」という表現に独特の臨場感が宿った。〈私〉の姿が消えて、「腕」だけが「奥へ奥へ」とぐいぐい「伸びていく」ような迫力がある。

スーパーで売ってる牛乳怖いって君は自室でヤギ飼いはじめる　蒼風薫

震災後の歌だろうか。「君は自室でヤギ飼いはじめる」は、冗談なんだけど、どこか切実な印象もある。ポイントは、「牛乳」なのに飼うのは「ヤギ」ってところ。牛だと大き過ぎて「自室」に入らないのだろう。

鰻の歌

今回は鰻《うなぎ》の歌を集めてみた。鰻を食べる歌は万葉集にも出てくるし、近代の歌人斎藤茂吉の好物であったことでも知られている。昔から短歌とは縁のある食べ物だ。

あたたかき鰻を食ひてかへりくる道玄坂に月おし照れり　　斎藤茂吉

実に嬉《うれ》しそうだ。「あたたかき」「月おし照れり」から、なんともいえない満足感というか、ほとんど恍惚《こうこつ》感めいたものが伝わってくる。本当に好きだったんだなあ。茂吉が行った「道玄坂」の鰻屋さんは今もあるらしい。

では、次に現代の投稿歌を見てみよう。

夕食はウナギに決めたと妻が言う内緒で昼間食した我に　　長谷川哲夫

こういうことってあるよなあ、と思う。「我」はさぞ、どきっとしたことだろう。ひょっとして「妻」は何か勘《かん》づいているのか。いや、たぶん偶然で、だからこそ妙に恐ろしい。長年の夫婦生活によって二人が「ウナギ」を食べたくなるタイミングが、ぴったりシンクロしたのかもしれない。愛の怖さ、といえば大げさか。この後、どうなったんだろう。あくまでも「内緒」のまま、「夕食」を食べたのか。個人的には、正直に打ち明けて楽になった方が、二匹目の「ウナギ」を落ち着いた気持ちで食べられると思うんだけど。

「今お前食べてるそれは蛇だよ」と言いし男が今の夫なり　　斎藤清美

こちらも夫婦の歌。作中の〈私〉が食べていたのが鰻かどうか、確かなことはわからない。でも、その可能性は高いんじゃないか。ポイントは「今の夫なり」だ。面白いことに「蛇だよ」といわれた時点では、相手はまだ「夫」ではなかったのである。そんなことをいうような「男」と結婚したんだなあ。〈私〉の趣味が変わっているのか、それとも度量が広いのか、まさか本当に「蛇」だったのか。いずれにしても面白い歌だ。

スカートをはいて鰻を食べたいと施設の廊下に夢が貼られる　　安西洋子

おそらくは高齢の女性の「夢」なのだろう。「スカート」と「鰻」の組み合わせに、想像では書けない痛切なリアリティーがある。もう一度お気に入りの「スカート」をはいて、もう一度好物の「鰻」を食べたい。そんなぎりぎりの「夢」が「施設の廊下」に貼り出されている。

堀江敏幸の口福

堀江敏幸（ほりえ　としゆき）
１９６４年岐阜県生まれ。99年『おぱらばん』で三島由紀夫賞、２００１年「熊の敷石」で芥川賞、03年「スタンス・ドット」で川端康成文学賞、04年『雪沼とその周辺』で谷崎潤一郎賞、木山捷平文学賞、06年『河岸忘日抄』で、また10年『正弦曲線』で読売文学賞、12年『なずな』で伊藤整文学賞受賞。著書に、『めぐらし屋』『振り子で言葉を探るように』『燃焼のための習作』『余りの風』『戸惑う窓』『その姿の消し方』など多数。

ジャムは嘗めるものである

納屋のように質素な台所で、銀髪の小柄なおばあさんが長い木べらを両手で握って、大きな寸胴鍋《ずんどうなべ》の中身をかきまぜていると、濃い緑の林がのぞいている開け放しの扉の向こうから籠を抱えた男の子がふたり駈《か》け込んできて、収穫物を見せた。彼女はそこにちらりと目をやってうなずき、そのくらいあれば大丈夫、明日のぶんにしようねと微笑《ほほえ》んだ。

しかし、子どもたちはその場を立ち去らず、鍋のなかをじっと覗《のぞ》き込んでいる。しかたないねという表情で、おばあさんは青紫に染まった木べらの先を差し出した。小鬼たちはそこについているものをすかさず人差し指でこそげとってぺろりと嘗《な》め、もうだめと言われるまで何度もおかわりを要求した。そんなにおいしいかい？　呆《あき》れたようにおばあさんが問いかける。ふたりは満足げにうんうんとうなずいた。

　どこの国の話だったろうか。この一連のやりとりを、小学生の私は日曜日の朝のテレビで観たのだった。おばあさんが作っていたのは、黒スグリなる果実のジャム。自分の家でジャムを煮るという、西洋の物語のなかでしか知らなかった情景が現実に行われていることに驚き、パンに塗ったりしないでただ指で嘗めるという贅沢《ぜいたく》に目を見張った。そして決心したのである。よし、自分もジャムを嘗める人になろう。

　以来、市販のジャムを、私はひたすら嘗めた。ただ嘗めるだけのときもあれば、珈琲《コーヒー》や紅茶といっしょにたのしむこともあった。けれど、なにかがもの足りない。まだほとんど情報がなかった頃の片田舎で観たテレビ番組の映像が、心にずっと引っかかっていたのである。やはりできたての、熱々のジャムを、好きなだけ、直接指で嘗めなければ気がすまない。

　独り身でなくなって、夢は半ばかなえられた。苺《いちご》に梅に杏子《あんず》、林檎《りんご》にルバーブに夏みかん。怖くなるほど大量の砂糖は見ないことにして、できあがりを待ち、味見を要求する。ところが昂奮《こうふん》のあまりあれこれ声を挙げては唾《つば》を飛ばし、繊細な瓶詰め作業を脅かしたりするので、指をのばすどころか近寄ることも許されない。しかたなく、小皿に移されたものを、スプーンで掬《すく》う。食べ始めると止まらなくなる。

去年と今年は、林檎のジャムをたくさん食べた。鍋に指を突っ込んで嘗める夢は実現していないけれど、私はまだ諦めていない。

赤いトマトと白いプードル

散歩の途中、のぼりの立っているスタンドで、よく露地野菜を仕入れる。賑《にぎ》わうのはやはり夏場だ。種類も豊富だし、店の人がいてくれる時間もながい。コインロッカーのような自販機を使っている無人販売所でもそうだが、売り場でたまたま会った人とちょっとした言葉を交わすのも、楽しみのひとつである。

楽しいだけでなく、とまどうこともある。先日、二種類の蟬《せみ》の声が混じり合う夕刻に自販機のある小屋の前を通ったら、透明のアクリルの扉のむこうに、赤い球がちらりと見えた。いったん通り過ぎて思い直し、財布の小銭を探っていると、なにが残ってますか、と背後から声をかけられた。小さな犬を連れたおじいさんである。

トマトが、ふたつです、扉ふたつぶん、ということですけれど。

立ち位置をずらして指で示すと、ああ、わたしもひとつ欲しいな、半分ずつわけませんかと言う。理解はしたつもりだったが、慎重を期して確かめた。つまり、それぞれがこの一枡《ます》ぶんずつ買うってことですよね。そう。おじいさんはもう黒い財布を出している。財布の角には穴があけられていて丈夫そうな紐《ひも》が通してあり、その先はズボンのベルトに結ばれていた。よく見ると、引き綱もいっしょに巻き付けてある。連れていたのは白いプードルだった。

ついでに買ってくれませんかと小銭を渡されて、ほんとは二袋欲しかったなと思いつつ素直に従ったのだが、取り出したトマトの袋がどちらも大小二個のセットになっているのを見て、これは大きさがちがうだけなのか、それとも種類がちがうのかと、おじいさんは真顔で尋ねた。

おなじ種類だと思います。即答すると、彼は急に愛犬の大きさに顔を縮め、誰かに聞かれるとまずいとでもいうように一歩こちらに近づき、囁《ささや》くような声で言ったのである。トマトのゲノムはね、全部解読されたそうですよ、親戚を判別する暗号、あれが三万何千種だか、すっかりわかったと、こないだ新聞で読みました。

私はなんと答えていいやらわからず、主人と愛犬の顔を交互に見ながら、それは大変なことですね、研究成果を応用すれば、このふたつが家族かどうかすぐにわかるわけですかと曖昧《あいまい》に応じつつ、たがいの袋の中身をそれとなく比べた。どうも私の方が、心持ち大きいような気がする。少し迷って、あの、取り換えますか、と言ってみた。いいのかい、悪いね、とおじいさんはすぐさま袋を差し出す。プードルはずっと、私の顔を見ないようにしていた。

響きのない鐘を撞く

　直径三十センチほどのすり鉢の襞《ひだ》の走る腹に、皮をむいて酢水にさらしておいた自《じ》然薯《ねんじょ》を直接あてておろす。下ろし金を使うよりも白く細かく泡だって、粘り気のある実が側面にへばりつく。それをスリコギですり、卵を落としてさらにまぜあわせるようにしながら、あらかじめ煮立てて適温に冷ましておいた、ちょっと濃いめの出汁《だし》を加える。お玉ですくって、少しずつ襞にあてて流し込み、それをゆっくりとかし込むようにするのだ。出来あがったあたたかいとろろ汁は白いご飯にかけ、焼き海苔《のり》を添えたりして、さくさくと何杯も食べた。子どもの頃、毎年秋になると繰り返された光景である。

上京して大学生になり、東京育ちのあたらしい友人と安食堂に入ったら、お品書きに「とろろ定食」があった。頼んでみると、山芋をすりおろしたものが小さな器に盛られていて、わさびと海苔が付いていた。出汁は使われていなかった。私はずっと親しんできた、おそらくは「梅わかな丸子《まりこ》の宿《しゅく》のとろろ汁」と芭蕉に詠まれた時代から変わっていないだろうものと、目の前の品との相違について説明した。友人は、こちらじゃそんなふうには食べないよ、でも、うまそうだ、と笑った。

それからしばらくして、大学近くの古書店で庄野潤三の『夕べの雲』を買った。函《はこ》入りの、美しい本である。そこに「山芋」と題された章があって、嬉《うれ》しいことに、主人公一家が、すまし汁でといたとろろ汁を作っていた。ふだん手伝わせている女の子が学校から戻らないので、母親は上の男の子に助けを求める。しかし、すぐだめ出しをする。

「その音では、すれてないわ。もっともっと力を入れないと」

関西育ちの母親の、このなんということもない台詞《せりふ》に触れて、私は、すり鉢で自然薯をするときの匂いや手にかかる抵抗感はもちろん、はじめはがりごりとはっきりしていた音が、出汁の割合が増えるにつれて徐々にくぐもり、ころころと軽やかになっていく、あの響きのない鐘を撞《っ》いているような感覚を思い出した。

小説では、やがて下の子と父親も参加して、三人の共同作業になる。すり鉢をぐっと押さえてぐらつかないようにするのは、父親の役目だ。吹きさらしの山の上に建てられた家の、強い風になぎ倒されそうな危険と隣り合わせでもある日々の幸せを、彼らはとろろ汁を作るように、ささやかな力をあわせて守ろうとする。ただし、かんじんの味については、ひとことも書かれていなかった。

蜜のついている奴や、バタのついている奴

青春と名の付く書物や映画はたくさんある。それぞれにすばらしいものではあるだろうけれど、青と春の二文字だけでなくそれにくっついてくる大仰な言葉が直視できなくて、以前はなんだかんだと避けていた。

ただし例外もある。たとえば織田作之助の『青春の逆説』。レポートの課題として強制されるのでなければまず読まないような表題だが、学生の頃、図書館で偶然手に取って開いた第一部「二十歳」の一節の、金策をめぐるなんとも言えない展開に、私はすっかり心を奪われてしまった。

主人公の高校の友人がふたり、金もないのに夜の町で遊んだあげく、一方が他方

を人質にして金策に走る。ところが自分も借金を重ねていて当てなどどこにもない。歩きまわっているうち、ふと、「一銭の金を借りるために、京極を空しく二往復した」日のことを思い出す。その日彼は十四銭持っていた。腹が減っていて、おまけに珈琲も飲みたい。幸い十五銭のホットケーキを食べると珈琲がついてくる喫茶店があって、そこに入れば「一挙両得」だと考え、足りない一銭を誰かに恵んで貰《もら》おうと、店の前を六度も通った。別の店で十銭の珈琲を飲むかうどんを食べるかのどちらかにすべきだと思いはしたものの、「どうにもホットケーキに未練が残った」。

珈琲かうどんか。この生々しい二者択一に気圧《けお》された一節によって、織田作之助は私の中で不動の地位を築いた。

「ふわっと温いホットケーキの一切が口にはいる時のあの感触が唾気《つばき》を催すほど、想い出されるのだ。蜜のついている奴や、バタのついている奴や、いろいろ口に入れたあとで、にがい珈琲をのんだら、どない良《え》えやろかと、もう我慢出来なかった」

けれどその一銭が遠かった。知った顔はひとりも現れなかった。そんなことを思い返しているうちまた我慢できなくなり、財布をひっくり返したら十分な金があったので、先の店に入ってホットケーキを食べた。やむをえぬ居残りをつづけている友人を案じつつ、ホットケーキの誘惑に負けたのである。当然、珈琲もおまけで飲むことができただろう。

　初出は一九四一年。それから四十年近く経って、ホットケーキと珈琲の組み合わせに屈した登場人物に対する共感だけで読者になったばかりか、読後すぐさま喫茶店に走って同じものを注文してしまった貧乏学生が青春の逆説どころか蹉跌《さてつ》の意味を教えられたことは、もはや述べるまでもない。

潜水艦に鮪をのせて

鮪《まぐろ》が缶詰になると、ツナと名称を変える。油に漬けたものとそうでないものがあるけれど、私はどちらも好きだから、サラダにしたりサンドイッチにしたりして、大量に食べてきた。昼時にパン屋に入れば、切り口がきれいに揃《そろ》った美しいサンドイッチパックのなかから、ツナの分量が多いものを選んだ。

ところが、胃や口の中に残る微妙な後味にしばしば悩まされた。生来の胃弱体質で、漬けてあるオイルが身体に合わないのか、それとも他に理由があるのかはっきりしない。マヨネーズや玉葱《たまねぎ》やピクルスを加えてごまかしても、状況は変わらなかった。製造元には申し訳ないけれど、好物を好物として受け入れれば受け入れるだけ苦しむ負のサイクルから、ずっと抜け出せずにいたのである。

　それなら、大丈夫な材料だけでツナを作ればいい、と妻が言った。二十年ほど前のことである。以来、円筒の缶に詰められていない鮪の切り身のオリーヴオイル漬けが、「さく」のまま食卓にのるようになった。レシピを見たわけでなく、勘と味覚の記憶だけでさっと仕上げられた、このかすかな粘り気のある薄緑の浅瀬に沈む潜水艦のような総菜がなかったら、私は報われぬツナ愛に苛《さいな》まれて胃腸のみか心を壊していたことだろう。そのまま食べてもなにかに和《あ》えても、安売りの鮪の切り身は美味しいツナとして身体に取り込まれ、不自然な反応は生じない。

　ところで、自家製ツナはなんにだって合うけれど、いつか試してみたいと思うものがひとつある。カナダ南東部にやってきたフランス人の子孫で、ルイジアナ州に入植し、ミシシッピの河口からテキサス州にかけて暮らす人々を、ケイジャンと呼ぶのだが、そのケイジャンでニュー・オリンズ警察殺人課の刑事デイヴ・ロビショーの活躍を描いた、ジェイムズ・リー・バークの『ネオン・レイン』に出てくる、サブマリンサンドだ。

　茹《ゆ》でた小エビと牡蠣《かき》に、レタス、玉葱、トマト、そして辛口のソース。パンはバゲットだろうか。海と河と沼沢《しょうたく》のにおいがまじったこの小説の空気を決定づけているすばらしい食べものにちょっとだけ手を加えて、あまり味を濃くしすぎないようソースはごく控えめにし、牡蠣も小エビも少量に抑え、代わりに自家製マヨネーズとわが潜水艦ツナをたっぷり入れる。それを、よく晴れた秋の、涼気の流れる公園の木陰で、指や口にソースがつくのも厭《いと》わず、がつがつ食べるのだ。水筒には少し薄めの熱い珈琲をたっぷり入れておきたい。

万城目学の口福

万城目学（まきめ　まなぶ）
１９７６年大阪府生まれ。京都大学法学部卒。２００６年ボイルドエッグズ新人賞を受賞した『鴨川ホルモー』でデビュー。著書に、『鹿男あをによし』『ホルモー六景』『プリンセス・トヨトミ』『かのこちゃんとマドレーヌ夫人』『偉大なる、しゅららぼん』『ザ・万字固め』『とっぴんぱらりの風太郎』『悟浄出立』『バベル九朔』など。

出前

お目出度いことがあったときには、出前の寿司《すし》を頼む。

出前を注文する近所の寿司屋はたいそう評判がよい。最近知ったことだが、インターネットの口コミサイトで、地域に何百とある和洋中の飲食店のうち何と採点が一位だった。

店はおじいさんとおばあさんが二人でやっている。一度食べに行ったところ、とてもおいしかった。会計のとき、出前をやってますかと訊《き》くと出前メニューを手渡されたので、以来、出前ばかりを注文している。

直木賞ノミネートの知らせを受けたとき等、これはお祝いだ！　というタイミングで出前を頼む。いい寿司屋なので、値段はそこそこする。しかも、量が少ない。ゆえに、松竹梅とあるメニューのうち、妻と二人で竹二つと梅一つを頼む。

注文すると、おばあさんが自転車で寿司箱を持ってきてくれる。食卓に運び、大きな方形の蓋《ふた》を開く。きらきら輝いて並ぶ、端整な寿司が現れたときの盛り上がりは、毎度変わらぬ風景である。

さて、この出前をかれこれ一年続けるうちに、私はあることに気がついた。それは出前には当たり外れがある、ということである。

寿司のレベルが毎度、非常に高いところにあるとは承知している。ただ、ときどきとんでもなくおいしい回に当たる。この前のおいしかったよなあ、とよき思い出を胸にふたたび注文する。すると今度は、あれ？　ずいぶんちがうな、となる。それは箸の進み方に如実に表れる。当たりのときは、二人で竹二つを平らげ、梅一つを食べ終えても何か物足りない。しかし外れのときは、最後の梅一つが少々重荷である。

近ごろは一個目のネタを食べただけで、当たり判定ができるまでになった。どうやら、シャリの握り具合がミソらしい。だいたい当たりは三回に一回。結構低い。

それでも、出前をやめるつもりはない。なぜなら、人が作るとはそういうことだからだ。いつも同じ味を出すのは、もちろん料理人の理想だ。でも、人は機械ではない。マニュアルどおりに作って誰でも同じ味を出せるフランチャイズのピザ屋とはちがうのである。

店の雰囲気に呑《の》まれぬぶん、食卓での判定はよりシビアになる。どうかアウェーの空気に負けないでと祈りつつ、今年も寿司箱の蓋を開け、緊張の面持ちで一つ目をいただく。

鰻

おさなき頃から鰻《うなぎ》好きである。

子どもの頃、寿司屋に連れていってもらい、ひたすら鰻ばかりを注文し、そのうち「鰻がなくなってしまったから、穴子にしてくれ」と大将に頼まれたほどの鰻好きである。

私の出身は大阪だ。

鰻を「まむし」と呼ぶほど、鰻への高い愛着を示す土地だが、別に鰻の産地が近所にあるわけではない。あくまで鰻好きが多いだけで、私も「詳しいことは知らないが、好物はと訊《たず》ねられたら鰻と答える」という単純な鰻ファンの一人だった。

そんな私の認識ががらりと変わる事件が起きる。大学卒業後、就職した化学繊維メーカーの配属先は静岡だった。その勤務先の工場が、静岡でも一、二を争う鰻がうまくて有名な町にあったのである。

衝撃は早々に訪れる。「名物だから」と独身寮の先輩に連れていかれた、駅前にいくつも軒を並べる鰻屋にて、私はその味に絶句した。

「これまで大阪で食べてきた鰻は、鰻じゃないッ」

と叫びたくなるほどうまかった。

翌日、私は職場でその感激を語った。「鰻に呼ばれた気分っす」とこの地に配属された僥倖《ぎょうこう》を熱く伝えた。

しかし、まわりの反応は至って鈍い。なぜだろう、と訝《いぶか》しんでいると、

「それ、どこで食べたの」

と訊ねられた。

「駅前の○○ですけど」

周囲で一斉に失笑が湧いた。「あんなところの鰻をおいしいと言ってたら駄目だろう」ということらしい。

「あそこは脂が乗っていない」「あそこは焦げがくどい」「あそこが」「いや、あそこが」「ここが」「俺のイチ押し鰻」アピールが始まった。

途端、「ここが」「いや、あそこが」「あそこは焦げがくどい」「あそこは脂が乗っていない」と「俺のイチ押し鰻」アピールが始まった。

それから、私の鰻探索の日々が始まった。教えてもらった鰻屋を一軒一軒訪ね、その奥深い鰻の味に舌鼓《したつづみ》を打った。もっとおいしいところはないか、とさらに次を探した。

やがて、私は一軒の鰻屋に行き着く。質素な店構えなれど、とにかくその味は素晴らしく、贅沢《ぜいたく》にも二週間に一度は必ず行くほど虜《とりこ》となった。

その町に配属され一年が経ったある日のこと、私は駅前の鰻屋、あの最初の衝撃を受けた店で食事する機会を得た。鰻丼をひと口食べた瞬間、ふたたびの衝撃が訪れた。まずかった。さらに、くさかった。焼き魚丼じゃないかこれ、とさえ思った。上へさらに上へと鰻の高みを目指すうち、私の舌はいつの間にかあり得ぬほど肥えていたのである。

いいか悪いかはわからぬ。

されど、これこそまさしく味覚の鰻上り。

ミルクティー

紅茶派かコーヒー派かと訊ねられたなら、しばし考えこんだのち、「僅差《きんさ》で紅茶」と答える私だが、これまででいちばんうまかった飲み物は何かと訊ねられたなら、迷うことなく「紅茶！」と即答する。

十三年前、一杯のロイヤルミルクティーを飲んだ。

そのロイヤルミルクティーは、多少風変わりだ。たとえば飲んだ場所が、雪降るモンゴル奥地のテントの中だった。ロイヤルミルクティーとは一般的に、水とミルクを混ぜたものをあたため、茶葉とともに煮出し、その濃厚な味わいを楽しむ飲み物であるが、そのときの水は森の清流を汲《く》んできたもので、ミルクはテントの周囲で放牧されていたトナカイの乳だった。

大学四年の夏の終わりに、私はモンゴルを訪れた。トナカイの放牧を生業《なりわい》とする遊牧民を研究している方とともに、モンゴル奥地のタイガと呼ばれる森で約十日間テント生活をした。

ある日、遊牧民一家のお母さんが、トナカイの乳が入った小さなタンクをくれた。モンゴルには、「スーティ・ツァイ」というミルクティーがある。大鍋にお湯を沸かし、そこに茶葉を散らし、たっぷりのミルクを入れる。最後に塩をまく。モンゴルのミルクティーは塩の味がする。モンゴル人のテントにお邪魔すると、「まずは一杯」とこれをごちそうされる。毎日飲むと塩味にも慣れるが、「ああ、甘いミルクティー飲みたいです」と軟弱かつ、西洋かぶれな私は心密《ひそ》かにその機会を狙っていた。

ミルクの入ったタンクに水を加え、タンクごと薪《まき》ストーブの上に置いた。そこへ日本から持ってきた安物のティーバッグを沈め、じっくりと煮出した。最後はもちろん、たっぷりの砂糖。それをアルミの食器に注ぎ、ちびちびと飲んだ。

トナカイの乳を使ったその味は、濃厚さといい、まろやかさといい、新鮮さといい、めまいがするほどおいしかった。この世にこんなうまい飲み物があるのか、と戦慄《せんりつ》するほどだった。

茶の精神を表す言葉に「一期一会」がある。

タイガの澄んだ雪解け水に、搾りたてのトナカイの乳。薪ストーブのあたたかさに、砂糖への飢え。どれも二度と出会うことのないもの同士が、モンゴルの奥地にて一瞬だけ交わった。

あのロイヤルミルクティーを超える飲み物には、これからも出会えそうにない。

パスタ

大学一年の夏休みにバックパックを背負って、ヨーロッパに一カ月旅行に出かけた。旅程も半分を消化し、ちょうど慣れてきた頃、イタリアのヴェネツィアで置き引きに遭い、パスポートや航空券、現金等一切合財を失った。日本に帰国するにはパスポートの再発行が必要なので、ローマの大使館に向かうと、今度はローマの宿屋で最後のヘソクリ一万円を盗まれ、全財産は二千円、本当にどうしようもなくなってしまった。

ひとりで考えても埒《らち》が明かないので、人に頼ることにした。宿屋を出てすぐ、ローマのテルミニ駅近くのイタリア料理店に向かった。その店を日本人の女性が経営していることは知っていた。夜になると、おばちゃんが店の前で日本人観光客と談笑する元気な声を聞いていたからだ。

オープン前の客が誰もいない店に入り、「すいません、話を聞いてください」と切り出した。あまりに顔色の悪い十九歳がふらふらと入ってきたからだろう、おばちゃんは戸惑いながらも、「そこに座りな」と店のテーブルを指差してくれた。

私はそこで間抜け極まりない、荷物を失った顚末《てんまつ》を語り、どうしたら日本に帰るためのお金を工面《くめん》できるだろうか、イタリアに日本から送金する手段はあるのかと訊ねた。黙って話を聞いていたおばちゃんは、硬貨を一枚取り出した。店の公衆電話を指差し、

「実家の親御さんにコレクトコールしな。それで東京にいる私の姉の口座に必要なだけ送金してもらうの。姉から金額の連絡を受けたら、その分を私があんたに渡してあげる」

と言った。世の中にこんな頭のいい人がいるのかと思った。私は硬貨を受け取り、日本に電話した。おばちゃんの言うとおりに送金の手はずを整え、電話を切った。

「あんた、ごはん食べてんの？」

とおばちゃんが訊ねた。「二日前にすってんてんになってから、まともに食べていない」と正直に答えた。

「そこで待っときな」

おばちゃんは厨房《ちゅうぼう》に向かうと、湯気が立つ皿を持ってきてくれた。何かを口に入れただけで涙が出そうになったのは後にも先にもあの一回きりだ。お礼を言おうとすると、「そんなのあと。パスタは一秒過ぎれば、一秒ぶんマズくなる。だから、すぐに食べなさい」と叱られた。

「リストランテ　トゥディーニ　ガブリエーレ&トモコ」

長い名前だけど、おばちゃんの店はあれから十五年が経った今も、ローマのテルミニ駅近くにある。おばちゃんの名前はトモコさんと言う。

＊現在は店名が「トモコ　トゥディーニ」になっています。

湊かなえの口福

湊かなえ（みなと　かなえ）
1973年広島県生まれ。2007年「聖職者」で小説推理新人賞を受賞しデビュー。09年同作収録の『告白』で本屋大賞、12年「望郷、海の星」で日本推理作家協会賞短編部門、16年『ユートピア』で山本周五郎賞受賞。著書に、『Nのために』『夜行観覧車』『白ゆき姫殺人事件』『物語のおわり』『絶唱』『リバース』『ポイズンドーター・ホーリーマザー』など。

みけつくにでハモを食す幸せ

山海の幸に恵まれた淡路島は古代、皇室に海産物を中心とした食料を献上する国、御食国《みけつくに》だったと言われています。

結婚を機に淡路島に住んで一五年、生活が不規則な割には、豊かな食生活を送れているのではないかと思います。特に、今年（二〇一四年）はハモをよく食べました。

淡路島に来るまでは、ハモといえば京都の料亭で出される気取った料理というイメージがあり、一度も食べたことがありませんでした。結婚したばかりの頃、それをお義母《かあ》さんに話すと、とても驚かれました。この世にそんな人がいるのか、といった具合に。同情されていたような気もします。

いやいやハモはそんな日常的な食材ではないでしょう、とその時は思いましたが、今ではすっかり夕飯の定番食材となっています。何せ、夏になると、骨切りした生のハモがパックに入って、肉や魚と一緒にスーパーの棚に並ぶのですから。もちろん、家計に優しいお手頃価格で。

ハモ料理といえば、多くの人が梅肉をのせた湯引きを思い浮かべるのではないでしょうか。ガラスの器にちんまりと盛られた。もちろんそれもおいしいのですが、私が一番好きなのは、ハモと玉ねぎの卵締めです。淡路島といえば玉ねぎ。肉厚でみずみずしく、甘味《あまみ》があり、生で食べる際、長時間水にさらさなくても辛くないのが特徴です。

一口大に切ったハモとくし形に切った玉ねぎを出汁《だし》で煮込み、溶き卵でとじた料理が、ハモと玉ねぎの卵締めで、ホクホクのハモとトロトロの玉ねぎとフワフワの卵が絡み合い、極上の旨味《うまみ》と食感を堪能することができます。ビールのアテでもよし、熱々のご飯にかけてもよし。出汁も最後の一滴まで飲み干します。

ああ、淡路島に住んでいて本当によかった。ハモといえば夏が旬のイメージですが、秋のハモも脂がのって味が濃く、ますます卵締めにはもってこいです。

また、自分へのご褒美の店と勝手に認定している島内のお寿司《すし》屋さんでは、生ハモのお寿司を食べることができます。骨は切るのではなく削《そ》ぐのだそうで、生でもまったく骨を感じることはありません。自宅では再現できない、職人技です。そんな贅沢《ぜいたく》品を余所《よそ》行きの服を着ずに食べる時、淡路島に住むということは、高級レストランの中で暮らしているようなものなのだな、と感じるのです。

生レバー、生シラス、生サワラ

一番好きな食べ物は？　と訊《き》かれると悩んでしまいますが、好きな食べ物を三つ挙げてください、と言われれば、スムーズに出てきます。生レバー、生ウニ、カワハギの薄造り（もちろん、肝付き）、の三つなのですが、生レバーをここから外さざるを得なくなり、随分経ったような気がします。

十代の頃から貧血気味の私は、血が薄くなっているな、と感じると生レバーを食べていました。淡路島に住み始めてからは、近所の市場内にある肉屋に買いに行っていました。新鮮な生レバーを淡路島産の藻塩（キング・オブ・ソルトと勝手に認定しています）とラー油に絡めて口に入れると、エネルギーの塊がツルリと体の奥に吸い込まれ、全身に力がみなぎっていくように感じます。ハイオク満タン、もうひと頑張りするぞ！　という気分です。なのに、生レバーを禁じられる日が来るとは。

空席となった場所にハンバーグを入れてもいいのですが、ここはやはり生もので統一したい。そうなると、生ガキかなあ、と思っていたところに登場したのが、生シラス丼です。もともと淡路島では釜揚げシラスは有名で、あつあつごはんに載せてよく食べていたのですが、生シラスは聞いたこともありませんでした。臭みはないのかな？　ぬめりはどうだろう、とあまり期待しないまま一度試してみることに。すると、驚きのおいしさです。臭みも嫌な感じのぬめりもない、新鮮なシラスの味が口いっぱいに広がります。

海を食べている！　卵黄や刻みのり、大葉との相性もよく、あっというまにどんぶりは空っぽに。島内の飲食店数店が独自の生シラス丼を展開しているため、全店制覇《せいは》したくなります。おいしいものには強い吸引力があるようで、島外から食べにくる人も多く、生シラス丼人気は急上昇、一躍、名物料理となりました。

残り一席は生シラスで確定か。そこに登場したのが、生サワラ丼です。サワラと聞けば多くの人が西京焼など、焼いた状態をイメージされるのではないでしょうか。サワラは他の魚よりも鮮度が落ちるのが早く、生の状態で食べるのは産地でないと難しいと聞いたことがあります。それがお手軽な丼になり、島内の飲食店のいくつかで食べられるようになったのです。あつあつごはんの上にサワラの刺し身。見た目はあっさりしているのに、コク深い味が口いっぱいに広がります。途中で出汁をかけて、さらさらっと食べるのもよし。

どっちが上か？　おいしいものに順位をつけるほど、バカバカしいことはありません。

淡路島、究極のおもてなし料理

東京には日本中のおいしい物が集まっており、お金さえ払えば何でも食べられると思っています。そのため、東京からのお客様へのおもてなし料理には、頭を悩ませます。たとえ仕事目的でも、せっかく橋を渡って来てくれるのだから、おいしい物を食べて帰ってもらいたい。特に、淡路島が初めてだという方には、また来たいと思ってもらえるような食事をお勧めしたい。観光大使ではないけど、淡路島の良さを多くの人に知ってもらいたい。先日は、デビュー時からお世話になっている出版社の方々が、初めて淡路島に来ることになったので、いつもよりも気合が入りました。

東京ではなかなか食べられない淡路島ならではの逸品。私の一押しは、鯛素麺《たいそうめん》です。温かい出汁のかかった素麺の上に素揚げした鯛が載っている料理です。それがごちそう？　という声が聞こえてきそうです。私自身、職場の人たちと鯛素麺を食べた旦那さんに、今度ごちそうしてあげる、と言われた時、素麺か、とまったくときめきませんでした。淡路島産の素麺はコシがあり、のど越しがよく、夏場の昼食としては大活躍ですが、ごちそうだと思ったことはありません。鯛だけ食べる方がいいんじゃない？　とはいえ、何事も経験は大切です。

直径三〇センチ、高さ五センチほどの平べったい大皿に盛りつけられた鯛素麺は、まず、鯛の香ばしい匂いに食欲をそそられます。表面がパリパリに揚がった鯛の身を出汁に浸しながらほぐし、素麺と一緒に口に運ぶと……。申し訳ございません、と叫びたくなるほどおいしかった！　やわらかい鯛の身が素麺としっかり絡まり、口の中いっぱいに旨味が広がります。つるりと飲み込んで、また一口。箸を持つ手が止まりません。油と一緒に鯛の旨味が滲《にじ》み出た出汁はこれまた絶品で、皿を傾けながら、最後の一滴まで飲み干さなければもったいない。まさに、ごちそう。皆に食べてもらいたい。

しかし、冬の淡路島といえばやはり三年トラフグです。トラフグの養殖期間は通常二年ですが、淡路島では三年かけて太らせるため、身のしまりが良く、濃厚な味を楽しむことができます。鯛素麺にしようか、フグにしようか。悩む必要はありません。フグ素麺があるからです。最強のコラボ、プリプリのフグの身と素麺も相性ばっちり。この世にこれ以上おいしい物があるだろうか、と言っても過言ではないほどに。何よりも、皆が喜ぶ顔を見て、淡路島ってすごいでしょう！　と心も胃袋も満たされました。

本谷有希子の口福

本谷有希子（もとや　ゆきこ）

1979年、石川県出身。「劇団、本谷有希子」主宰。劇作家として07年『遭難、』で鶴屋南北戯曲賞、09年『幸せ最高ありがとうマジで！』で岸田國士戯曲賞、小説家として11年『ぬるい毒』で野間文芸新人賞、13年『嵐のピクニック』で大江健三郎賞、14年『自分を好きになる方法』で三島由紀夫賞、16年「異類婚姻譚」で芥川賞受賞。著書に、『生きてるだけで、愛』『グアム』『あの子の考えることは変』『かみにえともじ』など。

おいしく生まれてこなければ

「アバサーの空揚げ」。その人はそう言って、私に皿をすすめてきた。私は箸を握りしめたまま「あばさー？」ときき返した。今まで一度も耳にしたことのない言葉だ。

「そう、アバサーっていうのはハリセンボン科の魚のこと。こっちではこんなふうに空揚げにして食べちゃうんだよね」

私は目の前に出された沖縄料理を改めて眺めた。かむ前から、口の中でさくさくと音がしそうなほど衣は美しく、焦げ目は均一だ。

箸で摘みあげても、どこにも針は見当たらなかった。

熱い身を口の中で頬張った私は、「すごく、おいひいです」と興奮して何度も首を振った。口の中が空になったあとも「おいしいですね」と唸《うな》るようにしてつぶやくと、石垣島に住むIさんが笑って、オリオンビールに手を伸ばした。

「もしかしたら、私が食べてきた肉の中で、ハリセンボンが一番好きな味かもしれない」

私は透き通る青い海で泳ぐ、小さなハリセンボンのことを想像した。ハリセンボンたちは自分がこれほどおいしく生まれてしまったことに気づいていたんだろうか。

「どうして、東京ではアバサーの空揚げがないんですかね」ときくと、「なかなかいないいんじゃないかなあ。それに毒もあるんだよ」とIさんは言う。

ほらきた、毒だ。やっぱり彼らは自分たちのおいしさを嫌というほど分かっていたのだ。そして何者も近づけない針をまとい、体内で毒を生成することを自ら選んだのだ。敵を寄せつけないかわりに、味方と寄り添いあうこともない。おいしく生まれてしまった者の、ジレンマ。

ふと、自分が子供の頃から、高いところの葉っぱを食べるためにキリンの首が伸びた、という話があまり好きじゃなかったことを思い出した。あの長い首と引き換えに、キリンたちは全力で思いきり走る自由を失ったのだ。サバンノの地平に沈む真っ赤な夕日を見ながら、彼らは伸びた首を悔やんで一度も涙を流したことがなかったんだろうか。

帰り道、少し酔った私は車道の真ん中をふらふらと渡った。そしてアバリーに同情したあと、おいしく生まれてこなくて本当によかったと安堵《あんど》の息を吐いた。

会食音痴委員会

こういうことは、本来ならばあまり公言したくない。が、このまま「食について分かっています」としたり顔をするのも心苦しいので、白状するしかない。私には、味覚音痴ならぬ、会食音痴の気がある。

たとえば誰かと食事している最中、会話に集中してしまうと、その間、手は電源が落ちたように、ぱたりと動きを止めてしまう。

慌てて動かしても、やっぱり話に気を取られて、空になったスープの器を延々とスプーンでかき混ぜている、なんてことも起こる。

全員が食事し終えているのに、自分の皿だけが手付かずのままなんてこともしょっちゅうだし、とにかく周りとペースがあわない。何かがぎこちない。

おそらく私のような人間は、生まれながらの会食音痴なのだろう。「味わう」という行為と、「周りの人間とコミュニケーションを取る」という行為を、同時に行う能力を授からずに、この世に生まれてきてしまったのだ。

その証拠に、元からこの力が備わっている人間は、その両方をなんなくこなしてしまう。目の前の会話にきれいな花を咲かせながら、料理を堪能することができるのである。

優れた彼らは、皆でする食事とはなんたるかを心得ているため、注文の際も、決して自分の食べたいものを勝手に頼んでしまうようなまねはしない。メニュー選びも実にツボを押さえている。

一方、私は、注文はまず真っ先に自分の食べたいものにしか目がいかないし、運ばれた料理に集中した途端、別人のように口数が減り、黙々と箸を動かしてしまう。更に「乾杯！」と全員がグラスをぶつけ合い、誰かが第一声を発するまでの、あの短い沈黙が音痴には耐えられない。お尻を動かしたり、グラスをあおるふりをして目をさまよわせたり。不審な行動を取ったあとで、「で、最近どうなの？」などとわざとらしく下手な口火を切ってしまうのである。

そんな時の自分は、まるで他に誰も走っていない徒競走のゴールテープをつんのめりながら切っているような気持ちになる。が、頭では分かっていても、どうすることもできない。

かくなる上は、委員会でも発足させ、会食下手の主張に耳を傾けてもらう活動に力を注ぐしかない。メンバーを募集しよう。会食下手なら誰にでも応募資格あり。そして黙々と好きなものを味わい続けることの大切さを、こつこつ世の中に広めていくしかない。

森見登美彦の口福

森見登美彦（もりみ　とみひこ）
1979年奈良県生まれ。2003年『太陽の塔』で日本ファンタジーノベル大賞を受賞しデビュー。07年『夜は短し歩けよ乙女』で山本周五郎賞、10年『ペンギン・ハイウェイ』で日本SF大賞受賞。著書に、『四畳半神話大系』『有頂天家族』『美女と竹林』『恋文の技術』『宵山万華鏡』『四畳半王国見聞録』『聖なる怠け者の冒険』『有頂天家族　二代目の帰朝』など。

ベーコンエッグ　仕上げに秘密の調味料を

私は料理がほとんどできない。一人暮らしの頃に腕を磨かなかったからである。もし妻が料理を作ってくれない人であったなら、現在の我が食生活は惨憺《さんたん》たるものになっていただろう。そんな私でも作ることができる数少ない料理が「ベーコンエッグ」である。

スティーヴンスン『宝島』の冒頭において、ベーコンエッグという言葉が素晴らしい使われ方をしている。乱暴者の海賊が宿の亭主に言う台詞《せりふ》が「俺は安ト がりな男だ。ラム酒とベーコンエッグさえあればいい」。皆さん、これでこそ海賊だ。彼の食卓に並ぶベーコンエッグは、さぞかしうまいだろうと思わせる。

料理のレパートリーが少ない人間は、限られたレパートリーに料理センスの一切を注ぎ込むため、その一品にかぎって呆《あき》れるほど口うるさいものである。私の父も料理が得意というわけではないが「餅」の焼き方には一家言あり、まるで高名な陶芸家のように慎重な手つきで餅を焼く。私もそれと同じで、ベーコンエッグは自分好みのものでなくては我慢できない。

まずベーコンが必要である。焼かれるなり猛烈に縮んでどこかへ消えちまう「なんちゃってベーコン」ではなく、しっかりとした存在感のある肉でなくてはならない。

次に玉子である。フライパンに落としたら、白身の上にかっきり黄身が盛り上がる凜々《りり》しいやつで黄身の味が濃厚でなくては困る。

フライパンでベーコンを焼き、そこに玉子を割って落とす。二つ落として海賊のように豪快な気持ちになるのも悪くない。味付けは塩と胡椒《こしよう》にかぎる。海賊風に荒っぽく塩胡椒を振ったあと、フライパンに少量の水をサッと注ぎ回して蓋《ふた》をする。このあとどれぐらい蒸すべきか。それが問題だ。白身にはあくまで固くあって欲しいし、黄身にはとろりとした優雅さを保っていて欲しい。

うまく焼き上がったら、美しく形を保ったまま皿にのせる。

ここで仕上げの調味料を使う。『宝島』の妄想である。自分が宿屋「ベンボウ提督亭」に滞在する海賊で、ベーコンエッグとラム酒だけで生きる栄養の偏った荒くれ野郎だと妄想する。そして「俺は安上がりな男だ。ラム酒とベーコンエッグさえあればいい」と呟《つぶや》くのである。それだけで、ベーコンエッグのうまさが三割増すのだ。

以上がベーコンエッグという料理である。シンプルな料理にこそ妄想的味付けが必要である。

父の手料理　なぜか、いやにうまかった

父の手料理について書こう。

私が高校生ぐらいの頃である。母や妹たちが寝静まった後、居間で日記を書いたりして夜更かしをしていると、父が酔っぱらって帰宅する。父は服を着替えたあと、深夜の台所にもぐりこんで戸棚を探り、ひそかな物音を立て始める。酔っぱらうと無性にラーメンが食べたくなるものだ。「探してるな」と私は思う。やがて父は居間に顔を出し、「おまえ、ラーメン食わへんやろ?」とわざわざ訊《たず》ねる。「いや、食うよ」と私は言う。そうして我々は深夜の居間でラーメンをすったものである。その若干茹《ゆ》で過ぎたラーメンには、得も言われぬうまさがあった。

我が家において、料理は母の領分だった。それでも休日などには父が腕を揮《ふる》うこともあった。凝ったものではない。そうめんを茹でるとか、魚肉ハンバーグを焼くとか、残り物でチャーハンを作るとか。

そういう父の料理には、何か母の料理とは違う、特別な雰囲気があった。魚肉ハンバーグをこんがり焼いて胡椒を振っただけのものがいやにうまい。もちろん母の方が料理の腕は良いに決まっているので、そこには胡椒だけでない何らかの隠し味がある。

父と二人でドライブに出かけると、ごくたまに出かけた先で父が何か食べ物を買ってくれることがあって、それもまたうまかった。アイスクリームであるとか、カツサンドであるとか。私は、父が直接作った料理ばかりでなく、そういう出先で食べた物たちも、父の料理であると考えたい。父の料理というものは、味そのものよりも、それを食べる雰囲気に味の秘密があった。

子どもの頃に『大どろぼうホッツェンプロッツ』というドイツの物語を読んだ。この作品の中で、主人公の少年たちが大どろぼうであるホッツェンプロッツの隠れ家を訪ね、どろぼう料理をご馳走《ちそう》になる場面がある。どろぼう料理とは何か。詳しいことは何も書いてない。どうやらニンニクがどっさりらしい。これがとんでもなくうまそうだった。森の隠れ家に住むどろぼうが作る、荒々しくて後ろめたい料理の刺激的な匂いが、木立の間に広がるのが感じられた。

今にして思うに、父の料理のうまさは、どろぼう料理のうまさにどうも似ている。母が体調を崩して入院しているときなど、父のどろぼう料理はなんとも物悲しいものになった。それは森の隠れ家でたまに食べるからこそうまいのである。日常の食卓に出たとたん、その繊細微妙な隠し味は消え失せてしまった。

無人島の食卓　自信に満ちた男になれるか

自分が無人島に流れ着いたら果たして生き延びられるだろうか。

ときどきそんな妄想をする。

たかが妄想と言うなかれ、「無人島でも腕一本でなんとかなる」という自信は、人間として最も根本的な裏打ちである。それが「ある」人間と「ない」人間、どちらが土壇場に強いだろうか。その裏打ちのあるなしは、日常的な仕事ぶりにも影響を及ぼすはずである。

私が日々ふわふわして万事において頼りない原因は、この裏打ちのなさにこそある。机に向かって小説を書いている場合ではない、そんなことだから駄目なのだ、無人島で生き延びられる知恵と体力をまず身につけてから物を言え、と思うけれども、まだ実行していない。

現実の無人島暮らしに夢も希望も見いだせない淋しいオトナになってしまったが、デフォーの『ロビンソン・クルーソー』には今でも心をくすぐられる。読んでいると子どもの頃の秘密基地ごっこを思い出したりしつつ、やはり食べ物のことが気になってくる。

無人島の食卓ほど、あらゆる食べ物がおいしそうに見えるところはないだろう。ロビンソンが食卓にならべるウミガメの卵や干しブドウや山羊《やぎ》の肉は、ただその単語がそこに書かれているだけで輝いて見える。

自分で手に入れた食べ物が格別おいしいのはたしかである。以前タケノコ掘りをしたときは、それがどんなに渋いタケノコであっても私は許した。しかしいくらおいしくても、タケノコを手に入れるか否かに自分の命がかかっていたわけではない。それが家庭菜園的な楽しみと、無人島生活の違う点である。無人島の食卓では、食べる当人の命もぎりぎりである。ぎりぎりの食べ物を、ぎりぎりの人が食べるのだ。

そして無人島の食卓には、自分ひとりでもう一度文明を作り上げるという意味もある。

当初はただ手に入るものを食べているだけだったロビンソンは、やがて仕居を整え、難破した船の積み荷からこぼれ落ちた種をもとにして、自分ひとりでオオムギを育て、自分ひとりで竈《かまど》を作り、自分ひとりでパンを焼く。

無人島に流れ着いて手探りで生き延びてきたロビンソンが、文明の味を作り上げる。これは勝利である。焼き上がったそのパンはとてつもなくうまいに決まっている。

自分が無人島に流れ着いたとき、そこでパンを焼けるだろうか。もしもそのパンの味を知っていたら、私はもっと自信に満ち溢《あふ》れた頼れるナイスガイであるに違いないのである。

おいしい文章　組み合わせで引き出せる

「文章」というものを食べ物のように考えてみる。といっても、「精神の糧《かて》」などとカッコイイことを言おうとしているのではない。

世の中には色々な文章があるけれども、「良い文章」「悪い文章」というものを突き詰めて考えると難しくなる。たいてい私は、「おいしさ」で考えている。

文章は何かを伝えるために書くのだから、内容が大切なのは無論のことである。しかし内容だけでなく文章そのものに、それを読みたくさせる何かがある。これは何だろうと考えているうちに、文章にもまた味があると思うようになった。

みずみずしいサラダのような文章もあれば、鰻《うなぎ》の蒲焼《かばや》きみたいにコッテリして滋養のありそうな文章もある。しっとりと湿り気のある文章もあれば、さらりと乾いた文章がある。スルメのように噛《か》めば噛むほど味が滲《し》み出してくる文章もあり、良く冷えた麦酒《ビール》のように喉ごしで味わうのが良い文章もある。

このようなことを、文章を読みながら想像してみる。文章それぞれが独自の味をもった料理で、本棚はそれらを保管する倉庫である。ならば、それらをどのように組み合わせて毎日の食卓にならべるべきか。

いくら滋養があると言っても、毎日鰻丼《うなどん》ばかり食べるわけにはいかない。胃が弱っているなら軽いものを食べたい。いくら味が良いと言っても、スルメをしゃぶっているだけではエネルギーが湧かない。

もし料理をおいしく食べたいのであれば、いろいろな工夫をする。飽きないようにバランス良く組み合わせるし、自分の身体の具合や周囲の状況を考えて今おいしく食べられるものを選ぶ。ときには何かをおいしく食べるために、自分に試練を与えることさえある。冷えた麦酒のために喉を渇かしておく、手作り弁当のために山に登る、レストランでの晩餐《ばんさん》のために昼食を抜くなど。

これを応用して文章の献立というものを考えれば、おいしい文章はよりおいしくなるだろうし、読みにくい文章を読みやすくすることもできるのではないか。

文章の味もまた、味わう状況によって変わる。無味乾燥な書類を延々と読んだ後なら、情熱的な恋愛小説をおいしく感じるかもしれない。その小説の熱い情熱に辟《へき》易《えき》したら、さっぱりした科学エッセイがおいしく感じられるかもしれない。おいしさを引き出す組み合わせは、人それぞれである。

文章の良し悪しはともかく、文章はおいしく読まねば損である。

柚木麻子の口福

柚木麻子（ゆずき　あさこ）
1981年東京都生まれ。2008年「フォーゲットミー、ノットブルー」でオール讀物新人賞を受賞し、単行本『終点のあの子』でデビュー。15年『ナイルパーチの女子会』で山本周五郎賞受賞。著書に、『嘆きの美女』『その手をにぎりたい』『本屋さんのダイアナ』『奥様はクレイジーフルーツ』など。

すし銚子丸　気分はハリウッドセレブ

『その手をにぎりたい』でバブル期を舞台にした高級寿司《すし》店を描いたせいか、老舗《しにせ》のカウンターに座り慣れていると思われがちである。

　私が普段一人で通うのはチェーンの回転寿司だ。乾いたネタには霧吹きでスプレーしていたような昔と違って、最近の回るお寿司は本当に美味《おい》しいので、お気に入りを紹介させていただきたい。ちなみに素材の良さが勝負のシンプルな握りではなく、回転寿司ならではの工夫の利いた、おふざけテイスト漂う変わりネタが、私の好みである。

　私が一番よく行くのが「すし銚子丸」。自動ドアが開くやいなや、従業員総出の

「ようこそ！　銚子丸へ！　美味しい舞台にいらっしゃいませえっ！」と瞳をギラギラさせた大合唱、店員さんを「劇団員」と呼ばせる独特のセンスに腰が引けてしまうが、そこさえ乗り越えれば、マグロの解体ショーや旬のネタフェア、珍しいフレッシュフルーツお披露目など、訪れる度に新しい発見のある飽きさせないお店である。

席に着くと、あら汁の「中」サイズ（税別一三〇円・くさみがなくて具沢山《だくさん》）でスタートすることが多いが、こちらで必ず食べるのは「生ハムセレブ巻」（同二五〇円・現在は販売休止中）「特製プリン」（同二五〇円）である。前者はエビなどの海鮮に生野菜、そしてクリームチーズを、海苔《のり》の代わりに生ハムでくるりと巻いた変わり寿司である。生ハムの桜色からほんのり透けて見えるご飯が愛らしい。アメリカ映画でよく見る「間違った日本文化描写」を思い出させるメニューなのだが、生ハムの淡白《たんぱく》な塩味、こってりとほの甘く冷たいクリームチーズが酢飯に驚くほどよく合う。

冷酒をお供につまんでいるとその名の通り、ロサンゼルスのスシバーの常連で、サングラスを金髪頭に載せた日本びいきのハリウッドセレブになった気さえする。

日本にいながらにして日本を異国から見つめて憧れているような、入れ子式のときめきがたまらない。

そして、寿司よりも楽しみなくらいの「特製プリン」は、やわとろタイプが幅を利かせる回転寿司のプリンには珍しい、焼きのしっかりした固めの長方形。キャラメルと卵の風味が濃厚だ。すし銚子丸はつまみ卵、茶碗《ちゃわん》蒸し共に美味しいので、常に卵をどれで摂取するべきか悩んでしまうのだ。

元祖寿司　お一人様でもホッとする

私が回転寿司に通うきっかけとなったのが「元祖寿司」である。当時、社会人になったばかりの私はお金がなく、常にお腹《なか》を空《す》かせていて、表の看板に出ていた「サービストロ」の安さに惹《ひ》かれ、初めて一人で足を踏み入れたのだ。

元祖寿司はおしぼりを出さない。カウンターにはウエットティッシュの筒状のケースがどんと置かれているのみである。その「勝手にくつろいでいって」と言わんばかりの気安さが、お一人様寿司の緊張を和らげてくれたものだ。

感動したのはまず値段の安さだ。ほとんどのネタが一〇〇円。高級とされるネタだって一〇〇円以下で提供されることもある。常連らしき老人がカウンター内の職人さんに向かって「えんがわ、舎利《しゃり》抜きで」と叫んで、ネタだけで日本酒を沢山飲んでいたのをよく覚えている。

三十代になった今もよく通うのは、元祖寿司はとにかく都内に多数存在しているので使い勝手がいいし（一番よく行くのが飯田橋店。双葉社か新潮社の帰り道は、吸い込まれるようにしてここに入る）、システマチックになりがちなチェーン回転寿司が多い中、ここはマニュアルがあまりないようで、職人さんとの血の通った会話を楽しめるところがいい。

昔から必ず注文するのが「ツブ貝マヨ」（通常一〇〇円だけれども、それ以下の時も）。ツブ貝のみじん切りに甘めのゆるいマヨネーズが絡んでいて、軍艦に握ってある。まろやかな乳化した酢と油が、こりこりとした歯ごたえの良い貝とほの温かい舎利を一つにまとめ、奥行きのあるふっくらと豊かな味わいを作り出している。最近はブラックペッパー味が強くなり、ぴりっとした熱さがとてもいいアクセントになっている。

元祖寿司の良いところはマヨネーズ味の変わり寿司が多いところだ。マヨネーズご飯は大好きなのだが、どうにも開き直れない恥ずかしさがあるので、おおっぴらに楽しめるのはありがたい。

この間、見た事のない桃色のネタにイクラが絡んだ軍艦が流れてきて「これ生ハムですか」と色白の職人さんに尋ねたら「サーモンです。でも、生ハムでやってみても美味しいかもですね」とにこやかに応じてくれた。「え、そんなフレキシブルに対応してもらえるんですか？」「メニューに載ってないものでも、出来そうならやりますよ」と鷹揚《おうよう》に返答されて一瞬、食にうるさい常連として彼の持つ個人店に十年以上通い続けているような錯覚さえ覚えたものだ。こんな会話は他の回転寿司ではなかなか楽しめない。

海鮮三崎港「ただいま」が似合う寿司

回転寿司の「海鮮三崎港」は鮮度の良さが魅力なのだが、近所にないのが残念だ。大抵、東京・三軒茶屋のキャロットタワー地下一階のお店を使う。決まって、世田谷パブリックシアターでお芝居を観た帰りだ。長い舞台はお腹が空くので、エスカレーターを駆け下りるようにして飛び込む。

たまにしか行かないのに、カウンターに腰かけるたびにしっくりと心になじみ、お茶を飲むだけで「ただいま」とでもつぶやきたくなるのは何故だろう。それは京樽グループの傘下にあるブランドだからだ、とこの原稿を書くにあたって、ようやく気付いた。

駅ビルによく入っている「京樽」のパック入りのり巻きはOL時代のランチでしょっちゅうお世話になっていたし、姑《しゅうとめ》によく連れていってもらう回らないお寿司といえば「すし三崎丸」だし、海外から帰ってきて和食恋しさに真っ先に駆け込むのは「すし三崎丸」の成田空港第二ビル店で、渋谷の東横のれん街で買うおむすびといえば「おむすび重吉」だ。

まったく気付かないところで京樽グループが生活にとけ込んでいて、様々なシーンでお世話になっているのは私だけではあるまい。

以前、木皿泉さん脚本の舞台「ハルナガニ」を観た帰りに久しぶりに「海鮮三崎港」に行ってみた。お芝居の中で手巻き寿司が大変重要な役割を果たしていて、非常に美味しそうだったので、全身で酢飯を欲していたせいもある。

なんといってもこの店の魅力は、三種類のネタが同時に楽しめる三貫盛である。「貝三貫盛」（税別三六〇円）の、ツブ貝、赤貝、ホタテが仲良くくっつきあって並んでいる様子は、なにやらぎゅうぎゅう詰めの女湯を見ているよう。大好物の貝、それぞれ微妙に違う歯ごたえを端から順に堪能していると、もはや退廃的な遊びに興じる貴族になった気分。

「まぐろたくあん軍艦」（同一一〇円・現在はトロたくあん）はマグロのねっとりした濃厚さに対して、たくあんが黄色くて甘いところがわかっているなあ、と嬉《うれ》しくなる。ぽりぽりした食感と海の香りの脂肪が交互にやってきて、豊かな波に漂っているような気分だ。

「いくら玉子」（同一一〇円・現在は販売休止中）の卵焼きの切り込みに入った少量の舎利、イクラ、貝割れの彩りが目に鮮やかだ。卵が甘くしっかりした味付けの分、ちょっぴりの舎利がなんとも愛おしい。

見渡せば一人の女性客がとても多い。もしかすると、同じお芝居を観た仲間かもしれないな、と思ってちょっと楽しくなった。

スシロー　チャレンジャーとなりて

「スシロー」は、私にとって、自由と孤独が背中合わせであるといつも教えてくれるお店だ。

関西に住んでいた頃は一人で通っていた。注文はタッチパネル方式、ICチップの仕込まれた寿司皿、商品到着時に流れるピコピコした音楽と、SFめいた空間に最初は戸惑うも、人件費を削減している分ネタは新鮮で安く、メニューは豊富だ。

たちまち夢中になったのだが、「スシロー」は家族連れを意識してか、車がないと行けないようなロードサイドにぽつんと佇《たたず》んでいることが多い。

車に何台も追い越されながら、一人で、てくてくと遠くの「スシロー」の看板を目指すうちに、見知らぬ土地で時間を持て余す我が身のよるべなさが突きつけられた。

従業員の姿がほとんどないシステマチックな明るい店内で機械とやりとりしているうちに、故郷が恋しくて仕方がなくなってくる。

しかし、孤独を乗り越えて対面するメニューの数々のまぶしいこと！　寿司にケーキにうどんにフライドポテト、凍らせたマンゴーまで。機械が相手だから誰に気兼ねすることもない。無鉄砲に頼んでも少しも懐はいたまない。

お気に入りは、アボカドのねっとり感とプリプリした海老《えび》の歯ごたえに甘めのマヨネーズが絡み合う「えびアボカド」（税別一〇〇円）とネタの下にしのばせた紫蘇《しそ》が爽やかな「えんがわ」（同一〇〇円）である。

「ドラえもん」の「グルメテーブルかけ」を手に入れたような万能感と満腹感に、帰り道のロードサイドは少しの寂しさもなくなっているのだ。

東京に戻ってからは家族や友人と行くようになったので、「スシロー」は私にとって孤独を伴う店ではなくなった。都内ではまだ店舗が少ないため、この間行ったお店は一時間待ちを要する大盛況ぶりであった。

初挑戦したのは「出汁《だし》入り鶏がら醤油《しょうゆ》ラーメン」(同二八〇円・現在は販売休止中)と「いちごミルフィーユパフェ」(同二三〇円・現在は販売休止中)。

レーン上を流れて来るマグロや軍艦に交じって、丼とパフェグラスが遠くからゆっくりと姿を現す。一瞬何かの間違いかと疑いたくなるようなその光景におののくも、どちらも申し分のない味わいだった。

こうしたチャレンジングなメニューを分け合ったり、回転寿司に行くためだけに排ガスを浴びながらロードサイドを並んでてくてく歩いてくれる相手が居るのは、やはりとてもありがたいことだとしみじみ思う。

あじわい回転寿司禅　レーンに載った「伝説」

お気に入りの回転寿司を紹介し続け、最後となる今回、とうとう現在進行形の伝説であるあの店を紹介しようと思う。そう、小田原にある「あじわい回転寿司禅」だ。

私がこの店を知るきっかけとなったのは偶然ネットで目にした画像である（ちなみに現在は店内で撮影不可）。一見ごく普通の、繁盛している回転寿司店。しかし、よく見ると棚には種類豊富なワインがずらりと並び、壁に張り巡らされた黒板にはフレンチ、イタリアン、ベトナム料理のメニューがびっしりと記されている。

丸ごとの生ハムを慣れた手つきで切り分ける店員さんの姿、肉汁したたるフォアグラステーキやデザートのフォンダンショコラを頬張るお客さんの横では、大トロをつまみに焼酎《しょうちゅう》を飲むお客さんが……。

美食咲き乱れる光景は極楽浄土にも感じられるし、やや狂気を帯びているようにも受け取れる。しかし、海辺の町だけあり、ネタは新鮮、いずれの料理も美味しい。カオスの渦に巻き込まれるようにして、気付けば「禅」に行くためだけにロマンスカーで足を運ぶようになってしまった。なんでこんな形態の営業になったのかは不明である。

おすすめは生ハム。目の前で削いでくれる四十八カ月以上熟成したイベリコ生ハムは濃い朱の肉色で、きらきらと輝いている。ふんわりした枯れ葉のような香りと、嚙《か》み締めるたびに溢《あふ》れる、強い塩気に負けない脂の甘さに目を見張る。

名物なのはメタボ巻きだ。溢れんばかりのウニ、フォアグラを巻き、イクラ、とびっこをまぶした寿司はどこを齧《かじ》っても濃厚、ミラーボールのような華やぎに罪深ささえ感じる。

しかし、こちらの店で一番変わったメニューは、レーン上を寿司と一緒に回るCDの載った皿かもしれない。なんでも、「禅」のファンであるクラブDJ系アーテイストが集結したトリビュートCDだそう……（Ａｍａｚｏｎでも購入可）。

とにかく何を食べても美味しいことは断言できるし、大げさに言えば人生観まで変わることも請け合いだ。

好きなだけ欲張ってもいい。一皿でやめてもいい。ルール無用だ。ただし、ゆるやかなレーンは決して止まらないし、皿の数はすべてを物語る。自由に泳がされているようで、実は大きな手のひらから出ることは許されていない。

回転寿司は、いつも私にドラマを感じさせてくれるから、好きなのだ。

吉本ばななの口福

吉本ばなな（よしもと　ばなな）
1964年東京都生まれ。87年「キッチン」で海燕新人文学賞を受賞しデビュー。88年『ムーンライト・シャドウ』で泉鏡花文学賞、89年『キッチン』『うたかた／サンクチュアリ』で芸術選奨文部大臣新人賞、同年『TUGUMI』で山本周五郎賞、95年『アムリタ』で紫式部文学賞、2000年『不倫と南米』でBunkamuraドゥマゴ文学賞受賞。著作は30か国以上で翻訳出版されている。著書に、『ごはんのことばかり100話とちょっと』『スナックちどり』『鳥たち』『サーカスナイト』『ふなふな船橋』『イヤシノウタ』など多数。

おつまみタイム

夕方になって、なんとなく飲まなくてはいられなくなる人とそうでない人がいる。私はもちろん前者です。

あの時間がなくてどうやったら一日に句読点が打てるのだろうか？

どんな国のどんな場所にいても、夕方あるいは夜飲む一杯のことを考えている、これはもはやりっぱな病気だと考えたときもあるが、この病気ならいい、一生なかよくつきあっていこう、とまじめに思った。

なにを飲んで、なにをおつまみにするか、それを考えるだけでたいていの憂さが晴れる。なんてくだらない自分だろうと思うこともあるけれど、私なんてまあその程度の人間だ、と思えればこんなに安上がりで良いことはない。

というわけで、私の一日はすてきな朝食でもなく、たっぷりランチでもなく、そのひとときだけに向けて収束していくのだ。

夏の夕方に、ぷちぷち音がしそうな野菜を調理しながら、つまみぐいをしながら、ビールを立ち飲んでいるとき、私の心はなぜか子どもの頃に戻っていく。子どもは何もしなくても細胞がぷちぷち生き生きしているから、ビールがなくても幸せでいられたのだろう。

今やほろ酔いにならないと頭がゆるめられない。情けないことだ。

しかし、別の幸福がこうしてやってきたから良いではないか、と思う。

TVの音をBGMにしながら、家族のようすをちらちら見ながら、おつまみを少しずつテーブルに出していく幸せ。これが子どもに伝わったらいいなと思っていた。

あるときハワイに行って、コンドミニアムに泊まり、毎日寝る前にちょっとしたおつまみを作ってそれでワインを飲んだり、スーパーに買い出しに行って新鮮なサラダを作ったりしていた。

最後の夜、明日は早いから飲まずに荷造りしようか、と旅の友と言い合っていたら、うちのチビがすごく悲しそうに言った。

「今日はおつまみタイムはないの？　あれがいちばんの楽しみなのに」

私たちは笑って、じゃあちょっとだけ、と言って、そうめんを炒め、チーズを切り、残ったワインとビールを飲んでおしゃべりした。

チビはジュースで参加なのだが、とても嬉《うれ》しそうにして夜の海を見ながら今日の思い出を話していた。

あの美しい時間をおつまみタイムと呼ぶようになったのは、それからである。

ひきだしの店

たまに友達とミコノス島に行く。なにもしないで過ごすためだけに。

ミコノスの街中には車が入れないから、海に行くか、街をうろつくしかない。

あまりにも暑いから街は夕方にならないと動き出さない。

だから昼間は海に行って、泳いだり寝たりする。水が冷たいので少し泳いだだけでかなり体力を消耗する。快い疲れと共にホテルに戻って、シャワーを浴びて、晩ご飯を食べに行くときのあの気持ちをなんと言ったらいいのだろう。

これが人生の喜び、という感じなのだ。

夕日の最後の光を見届けると、少しずつ街が活気を帯び始める。夜中の一時くらいままでどのお店もあいているから、この島に来ただれもが次第に宵っ張りになる。ホテルはたいてい少し街外れの高台にあるから、私と友達と家族は坂を降りて街へ行く。

目的はひきだしのお店と呼ばれているレストランだ。

店の一階にひきだしのある冷蔵庫があって、そこには新鮮な魚やエビやタコがぎっしりと詰まっている。その中から好きな魚を選んで、外にある炭火のグリルで焼いてもらうのだ。

前菜に貝やウニを少し、サラダも少し。ヨーグルトとにんにくとハーブとオイルでできているツァジッキも必ず。

そして魚が焼けてくるのをワインを飲みながらひたすら待つ。

その暮らしの中では決して飲み過ぎることもなく、食べ過ぎることもない。太ることもやせることもなぜかない。

なにもかもが流れるように自然だからだろう。

あちこちがこんがりと焦げた魚が山盛りのレモンといっしょに大皿でどかんとやってきて、みなでそれを分け合う。味つけは塩のみだ。

でもなぜかそれがものすごくおいしくって、毎日食べても決して飽きることはない。

海の命を食べているみたいで、毎回感動してしまうのだ。

魂が満足するから食べ過ぎることもないのだろうと思う。

私たちはふだんダイエットだ、マクロビだ、肉を食べよう、いややめよう、などといろいろ考えているが、自然に食べるってこういうことに違いない、とミコノスにいるときだけ私はしっかりと体感する。

不自然な環境においしいものだけがありすぎるから、ドカ食いがある。その土地にあるおいしいものを、適度な運動の後に、時間をかけていただく、ということをしていたら、人はそんなにおかしなことにはきっとならないんじゃないかなと思う。

お母さん

みなさんの想像通りに私はよく食べるお母さんで、子どもにはとんでもない食いしん坊と思われている。

子どもが食べ物を粗末にするとすごく怒るし、よく作りいっしょによく食べている。

子どもは豊かな時代に生まれたから、ちょっと外出すればなんでも安く売っている。食べ物のありがたみがちっともわからない。

うらやましくも思うけれど、切なくも思う。

私は戦争を経験した親から生まれているので、食べ物を粗末にするなんて設定はもともとなく、毎日の食事があって当然と思うこともできない。

この、食べ物を貴重に思う気持ちだけは子どもに伝えていきたいと思う。

そして、家にあるものを、その家の人がさっと調理して毎日おいしくいただくことと以上のごちそうはない、そのことになるべく早く気づいてもらえるよう育てていきたい。

世の中にはいろんな誘惑やまやかしや楽しみがあるけれど、真実は結局ひとつしかないと私はもう知っている。

おうちごはんがしっかりとあってこそ、外でたまに違う世界を見るのが幸せなのだ。

*

私の母は戦後に結核を経験して、みんなから栄養のあるものを食べなさい、とあまりにも言われ、病気で食欲もないのに高カロリーのものを食べさせられて、とてもつらい思いをした。

そのせいで、ほとんどものを食べないお母さんだった。

お母さんは食べないなあ、というくらいにしか思っていなかったつもりだった。

しかし高齢になって入院がちになり、退屈な気持ちも手伝ってか多少ぼけがはじまっているからか最近の母はよく食べるのだ。

「お母さんがおだんごを食べてるところを初めて見た」

「お母さんがとろろを食べてる！」

「信じられない！」

姉と私はよくそう言い合う。

そして気づく。

私たちは母になにか食べてほしかったんだ、実はずっと食が細いことを心配したり、悲しんだりしていたんだ。

食卓で幸せそうでないことが切なかったんだ。

母の人生ももう最後の章に近づいていて、みんなで食卓を囲む幸せを、やりなおしている。

そんな機会が来たことをしんみりと、ぼんやりと、しかし温かく心に抱いている。

ハワイ

最終回はなにを書こうかなと思っていたら、フラの帰りにロッカールームで憧れのジュディさん（超美人）が「うちは朝日新聞なの、いつも読んでるよ！　今度はぜひハワイのことを書いて」と話しかけてくれた。

ハワイがなかったら、フラを習わなかったら、こんな華やかな人と同じ部屋で着替えながらおしゃべりしたり、いっしょに帰ったりできただろうか？とよく思う。

私たちをつないでいるのはあの美しい土地。あの柔らかい風にいつでもとりまかれている、そんな感じ。

＊

いつだったか、オアフ島で旅の仲間みんなで突然にエスニックなものが恋しくなり、なんていうことのない韓国料理屋さんに入ったことがある。

オアフのどまん中なのに韓国の人がやっていてお客さんも韓国人ばかり。日本のどこにでもあるそんなお店が、ハワイではちょっとだけ珍しい。小さいモールの中にあるそこで、みんな久しぶりのご飯や海苔《のり》を食べた。

お店のお姉さんはちょっとだけ日本語を話せた。

「もっと焼いて」「これにつけて」

などなどいろんな指示をしながら、お姉さんは熱い汁をかける料理のとなりの料理にうっかり汁を注いでしまい、その瞬間に「間違えた！」と日本語で言った。

その感じがすごくおかしくて、私たちはみんなげらげら笑った。お姉さんも笑った。

同じような肌の色、米を食べて、漬け物を食べるアジアの仲間。

お互いのふるさとからとても遠いハワイで偶然に出会って笑い合いながら、私は幸せな気持ちになった。

海外で食べる醤油《しょうゆ》やだしの味はなんであんなにしみるんだろう。

同じように、ハワイのよさはもともとハワイの地元の人のものだったはずだ。味や、作物や、自然とのつきあいかた。

でも、そこにいろいろな国の人がやってきて、文化を壊した反面、新しいものを作り上げた。

それでもハワイの人たちは自分たちの生きた文化を踊りで歌詞で表現しながら決して失わなかった。

いろいろなものを飲み込んで、咀嚼《そしゃく》して、大きく包みこんで、残したのだ。

*

あの日、韓国料理屋さんのお姉さんと創った小さな輪を、私はそれと似たことだなあ、小さいけれど同じことなんだなあ、と思わずにはいられなかった。

そしてそんな私たちを、ハワイの甘い夜風は等しく包んでいた。

和田竜の口福

和田竜（わだ　りょう）

１９６９年大阪府生まれ。２００７年『のぼうの城』で小説家デビュー。14年『村上海賊の娘』で吉川英治文学新人賞、本屋大賞、親鸞賞受賞。著書に『忍びの国』『小太郎の左腕』『戦国時代の余談のよだん。』など。

お好み焼き　オオニッチャンちの思い出

中学二年の終わりまで広島に住んでいた。なので「広島のお好み焼き」が好きである。

そんな小学生のころ、なぜか囲碁を習っていた。近所のYおじさんの所に教わりにいっていたのだ。

僕は、毎週日曜日のその時間が来るのを待ち焦がれていた。無論、理由は囲碁ではない。稽古が終わったあとで、Yおじさんがくれる「少年ジャンプ」「少年マガジン」「少年サンデー」の最新号が目的だ。僕はYさんの家を飛び出すと、持ち重りのする三誌を抱えて家に駆け込み、一日かけて熟読したものである。

その三誌の役割はこれで終わりではない。僕は読み終わったその三誌を持って、クラスの友達、オオニッチャンの家へと自転車を飛ばさなければならなかったのだ。僕の住んでいた田舎町には、三軒か四軒ほどのお好み焼き屋さんがあった。いずれも家屋を改造して店にしたようなところで、店内のほとんどを巨大なカウンター状の鉄板が占めている。客もまたその鉄板の上でお好み焼きをぎりぎりと刻む。

オオニッチャンちもまた、そんなお好み焼き屋さんのひとつであった。僕が持参する漫画三誌は客の娯楽用へと役割を変えるのである。

「ワンちゃん（当時の僕のあだ名）、お好み焼き食べていきんさい」

オオニッチャンちのおばちゃんは、漫画を持っていくと、必ずそう声を掛けてくれた。気恥ずかしいので大抵は「いいっす」と断っていたのだが、五度に一度は渋々ごちそうになった。

お好み焼きを焼くおばちゃんに気の利いた話をできるわけもなく、何かを問われても生返事しかできなかった僕は、「早くお好み焼きを食い終わって店を出たいっ」と、毎度後悔したものだが、鉄板の上から直《じか》に食うお好み焼きは、アツアツで野趣に富み実にうまかった。

二〇〇九年に、「忍びの国」が、とある文学賞の候補になった。「お好み焼きを焼きながら待ち会をしたい」と版元の新潮社のTさんにオファーすると、「新潮社の食堂でやりましょう。〇〇さんも待ち会をされて、受賞した縁起のイイ所です」とのお返事。結果、落っこちた。新潮社の食堂にはミソを付けてしまったわけである。だが、僕がひたすら焼いて振る舞ったお好み焼きは、オオニッチャンちと同様、うまかったはずだ。

鮎　眠気がぶっ飛ぶほど旨かった

居酒屋など和食のお店に行くと、どうしても探してしまうのが「鮎《あゆ》」である。

鮎が大好きである。

「高《た》っけえなあ、おい。鮎」

都内に引っ越してきて、酒を飲みだす年齢となったころ、お店での鮎の値段を知った僕は、そう驚いたものである。どういうわけか知らないが、一尾千円以上の金を取る。鮎が。それでも、どんなに金がなくても注文してきた。

「しかし何だか旨《うま》くねえな」

千円以上もするのに、記憶にある鮎の味からはほど遠いのである。

僕の記憶の中の鮎は、子供のころ広島に住んでいたとき、父が毎晩のように釣ってきていたそれである。

僕が住んでいた家の近くには、太田川という河が流れていた。毎年、鮎の稚魚を放流して六月のシーズンになると「遊漁券」なるものが釣り好きたちに販売されていた。父もその釣り好きの一人で、シーズン中はほぼ毎日、会社から帰ると釣竿《つりざお》を担いで太田川へと出かけていった。

何度か父の鮎釣りの現場を見たことがあるが、これがやらない者にとっては全然面白くない、このエッセイを書くに当たって、父に話を聞いたが、釣る手法は有名な「友釣り」ではなく「コロガシ」と呼ばれるものだそうだ。詳細はつまらないので省く。

父が釣りから帰ってくる頃には、僕と四つ上の兄は大抵の場合、寝ていた。「ヒロキ（兄です）、リョウ、起きろ」

鮎のシーズン中は、必ず僕らは叩《たた》き起こされた。行くとテーブルには焼いたばかりの鮎が数尾乗っかっている。僕ら兄弟は、半分寝た状態で、それに醬油《しょうゆ》をちゃっとかけて食う。

これが眠気がぶっ飛ぶほどに旨い。

食った瞬間に、鮎独特の強烈な香りが口と鼻で爆発したかのような印象だ。

「ほら、コッコだよ」

母がつまんだ鮎の卵を兄弟奪い合って食うのも決まった一コマだ。

中学三年で東京に越してきて以来、これ以上の鮎に出会ったことはない。

僕にとって鮎は、近所の河で釣れてしまうありふれた川魚で、店で出すように塩焼きで食うものではなく、釣ってから一時間もしないうちに焼いて食べられるものであった。あの鮎で一杯やりたかったものである。

それが金を払って、大して旨くもない鮎を食わなければならない。それでも、鮎があればまた、注文してしまうだろう。

醤油　北条氏康に無茶苦茶怒られる

根っからの貧乏舌である。

しょっぱいものが大好きで、何でもかんでも醤油をぶっかけては口に入れるので、一緒に食事している人を唖然《あぜん》とさせることもしばしばである。

刺身《さしみ》などは我ながらヒドい。醤油皿になみなみと醤油を注いだ上で、刺身を「漬《づ》けか」というぐらいにどっぷりと浸して、ほとんど醤油の味しかしない刺身を食う。従って、刺身を食い終えた後も、醤油は皿の上にたっぷりと残っている。

「リョウ。昔の侍はな、食べ終わると同時に醤油もなくなるように考えて注いだもんだ。そんな予測もできないでどうすんだ、お前」

そんな僕の食癖に怒った父は、こういうイイ話をして、小学生の僕を叱ったことがある。

無論、僕はそんな小言はケツに聞かせて、相変わらず刺身をヒタヒタやっていた。そもそも醤油に刺身をどっぷりと浸したいのである。「醤油の浅瀬」で刺身をピチャリとやるだけでは、醤油を付けた感じがしない。それでも、父が話したその侍の話はなぜか頭に残っていた。

その元ネタが判明したのは、それから何十年もしてからのことだ。ネタ元は『名将言行録』である。

話はこうだ。小田原北条氏の四代目氏政が、父である三代目氏康と食事していた際、氏政はご飯に汁をかけた。だが一度では塩梅《あんばい》が良くなかったのか、氏政は二度、汁をかけた。

そのことで父氏康は、

「北条の家は、我一人にて終わりぬべし」

と予言したという。理由は、

「日に二度も食う食事ならば、汁をどの程度かければ良いか会得していて当然である。しかし我が息子は不覚にも二度、汁をかけた。愚昧《ぐまい》である」

というものである。この程度の器量ならば、良い侍も目利きできない。ならば戦国の折、自分の死後は隣国の名将が氏政を滅ぼすことだろう、というのだ。

父のイイ話とは若干異なり「醤油を付ける」のではなく「汁をかける」のであるが、言いたいことは同じである。ちなみに、小田原北条家は、氏政の代では滅びず、五代目氏直のときに終焉《しゅうえん》を迎える。氏政、存命中のことだ。

「ああ良かった、センゴク武将じゃなくって」

汁を二度かけた程度のことでグズグズ言うのだから、氏康が僕の醤油の付け方を見たら無茶苦茶怒ることだろう。僕の感想はこの程度のものであるから、醤油の付け方は一向に改善する気配がない。

トンカツ　午後八時必着の美味い店

二〇〇九年に結婚して埼玉に住んでいる。近所の美味《うま》い店探しを開始したところ、数カ月してようやく当たりを引くことに成功した。トンカツ屋である。

家から二、三分のところにあるそのトンカツ屋は、老夫婦（だろうと思う）が切り盛りしていた。午後九時ぐらいに入ったのだが、客は僕ら夫婦二人だけであった。カウンターに塩がなかったので、老婦人に注文を伝える際、「塩と、レモンが付いていないならレモンを付けてもらえますか」とお願いした。僕はトンカツをレモンと塩で半分ほど食い、残りをソースで食うことにしている。漫画「ザ・シェフ」で、天才料理人・味沢匠が、「私は塩とレモンで食べるのがもっともうまいと思う」と言っていたからだ。実際、ちゃんとしたトンカツなら、「肉食ってんな」という感じがしてうまい。

老婦人は、塩とレモンと言われて、はじめは「キョトン」としていたが、愛想よく応じてくれた。やがて「トンカツ揚がったよ」と老主人が婦人に伝えつつカウンターに載せると、婦人はご飯と漬物、赤だし、さらにはお茶を出して、見えないところにあるであろう奥へと引っ込んでしまった。仕事の終わったご主人は、カウンターの中の調理場で曲がった背を労《いた》わりながら立ちすくんでいる。

僕ら夫婦は、テレビの音だけが響く中、トンカツを一口かじった。そして途端に目を見合わせた。

（美味っ！）

ご飯を口に放り込んで、赤だしをズズッと飲んで再び目を見合わせた。

（美味っ！）

なんだか知らないが赤だしが異常に美味い。

「すごいトンカツ屋さんだ！」

と思わず二人して、作ったご主人を見て驚愕《きょうがく》した。

調理台に手を突いて立ったまま寝ていた。何度かコックリコックリしていたが、やがて婦人と同じく奥へと引っ込んでしまった。お茶もすっかりぬるくなってしまったが、無論老婦人など呼べるものではない。店に残された僕ら夫婦は、黙々とトンカツをかじり続けるほかない。しかし、心中は「美味っ」の連続であった。

「今度から八時には店に入るようにしよう」

女房とそう決めて、以後は必ず八時にはその店に入るようにしている。その時間にはお客もそこそこいて、ご主人も元気だ。塩とレモンをお願いすると毎度「キヨトン」とされるのだが、それにもすっかり慣れた。

作家《さっか》の口福《こうふく》 おかわり　朝日文庫

2016年9月30日　第1刷発行

著　者　朝井リョウ　上橋菜穂子　冲方丁
川上弘美　北村薫　桐野夏生　辻村深月
中村航　葉室麟　平野啓一郎　平松洋子
穂村弘　堀江敏幸　万城目学　湊かなえ
本谷有希子　森見登美彦　柚木麻子
吉本ばなな　和田竜

発行者　友 澤 和 子
発行所　朝日新聞出版
〒104-8011　東京都中央区築地5-3-2
電話　03-5541-8832（編集）
03-5540-7793（販売）

印刷製本　大日本印刷株式会社

定価はカバーに表示してあります　ISBN978-4-02-261877-1
落丁·乱丁の場合は弊社業務部（電話03-5540-7800）へご連絡ください。
送料弊社負担にてお取り替えいたします。